乡亲 乡村 乡愁

第一书记的扶贫故事

侯群华 著

郑州大学出版社

图书在版编目（CIP）数据

乡亲 乡村 乡愁：第一书记的扶贫故事／侯群华著. — 郑
州：郑州大学出版社，2021.5（2024.6 重印）
ISBN 978-7-5645-7728-5

Ⅰ.①乡… Ⅱ.①侯… Ⅲ.①散文集－中国－当代 Ⅳ.
①I267

中国版本图书馆 CIP 数据核字（2021）第 039128 号

乡亲 乡村 乡愁——第一书记的扶贫故事
XIANGQIN XIANGCUN XIANGCHOU——DI-YI SHUJI DE FUPIN
GUSHI

策划编辑	李勇军	封面设计	孙文恒
责任编辑	孙精精	版式设计	小 花
责任校对	暴晓楠	责任监制	李瑞卿

出版发行	郑州大学出版社（http://www.zzup.cn）
地 址	郑州市大学路 40 号（450052）
出 版 人	孙保营
发行电话	0371-66966070
经 销	全国新华书店
印 刷	山东华立印务有限公司
开 本	890 mm×1 240 mm 1／32
印 张	9.5
彩 页	8
字 数	206 千字
版 次	2021 年 5 月第 1 版
印 次	2024 年 6 月第 4 次印刷

| 书 号 | ISBN 978-7-5645-7728-5 | 定 价 | 68.00 元 |

■ 美丽肖营我的家，治理完工的坑塘风景如画，被南阳市选定为全市观摩点

■ 又是一年好光景。地里的花生熟了，帮助乡亲出花生

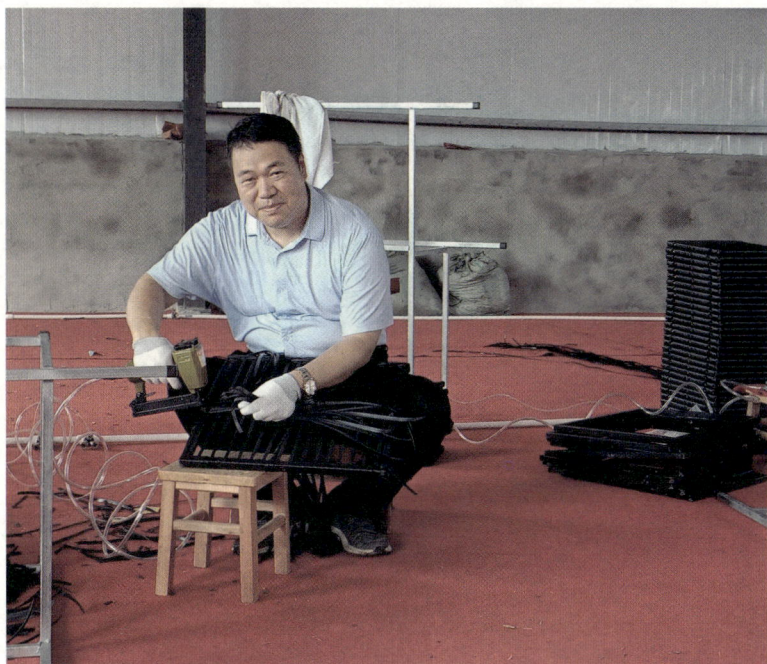

■ 在藤编车间里体验编织技术

■ 村里的足球产业发展受到上级领导的称赞(左三为河南省药品监督管理局局长章锦丽)

■ 2019 年 12 月 27 日,河南省纪委监委驻省市场监督管理局纪检监察组组长师维(左二)到扶贫车间调研指导工作

■ 2019 年 7 月 16 日，时任河南省市场监督管理局副局长余兴台（左二）入村调研扶贫车间的生产运营情况

■ 2021 年春节期间，陪同河南省药品监督管理局党组书记雷生云（右一）到乡亲家中走访慰问

■ 2020 年 1 月 13 日, 河南省药品监督管理局党组书记雷生云 (右一) 春节前夕入村调研慰问

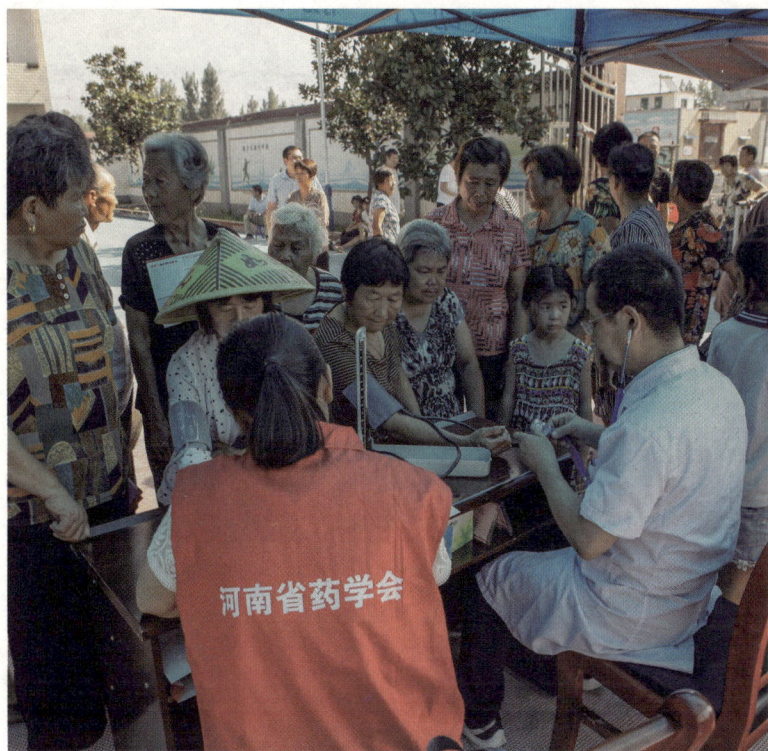

■ 请药学专家来肖营村开展义诊活动

■ 2019 年 11 月 21 日，作者母校师生来肖营村开展爱心帮扶活动

■ 贫困群众用辛勤汗水换来"爱心积分"，可在村委爱心超市兑换生活用品

■ 2020 年 1 月 11 日, 作者与村党支部书记刘国保 (右一) 来到贫困群众姜书要家送春联

■ 肖营村举办志智双扶活动暨红黑榜评比，激发贫困群众内生动力

■ 2020 年 9 月 17 日，走进村小学课堂，为他们上作文辅导课；学生们有两篇作文被推荐发表在《作文指导报》上

■ 2020 年 10 月 14 日，参加"听党话　感党恩　跟党走"巡回宣讲

■ 2020 年 8 月 21 日，在大别山干部学院参加脱贫攻坚培训班

■ 防"疫"物资异常紧缺的情况下,作者的"娘家"——河南省药品监督管理局寄来两箱口罩,邮递员小彭走在乡间小道上为村民送货上门

■ "疫"情防控捐款时,意外发现老党员李万军这名退伍老兵的辉煌荣誉

心系群众书华章

  战友侯群华让我为他的新著《乡亲 乡村 乡愁》写点文字，收到文稿，我既感动又惶恐。感动，是因为他把自己的想法勇敢地付诸行动，这也是我自始至终看到的，且透过文稿我看到了一位新时代扶贫干部明亮的内心世界；惶恐，是因为我作为普通的文学爱好者，真的不敢"指点"他的文字。

  说起来，认识群华还是源于参加中国医药报社的一次学习培训。我俩同是军人出身，又有着摄影和写作的共同爱好，就此拉近了彼此的距离。培训结束后，虽相隔千里，却联系频密，因为我们有不少共同的语言。在不断的交往中，我渐渐了解到他驻村扶贫的故事，便对他更为钦佩。

  乡愁，是每个人写作的沃土和起点，承载着太多的喜怒哀乐。我相信群华正是深知这点，才会把苦当成乐，才会付出真情与真心，去记录扶贫路上的点滴美好。他在把党和政府的扶贫政策带去乡村、在带领乡亲们脱贫致富的同时，自己也像一粒种子，重新投入魂牵梦萦的乡村的怀抱，深深扎入那片孕育美好梦想的大地，拼命汲取着无尽的精神营养，于是就有了这些娓娓道来，并牵动我们每一根神经的人和事。

手捧书稿，我的内心久久难以平静。要说这是一本文学书，我倒更认为这是一本新时代驻村书记的民情日记。在他的笔下，看似不经意的一个个故事鲜活起来，一张张憨厚的笑脸一个接一个呈现在我的眼前。这些充溢着喜悦与汗水的文字，仿佛把我牵引到千里之外已经不再陌生的镇平县肖营村——群华驻村扶贫的地方，眼前浮现出心系群众、扎根乡村的扶贫干部们，当然也包括群华老弟。从这些故事中，我读到了他们的酸甜苦辣，读到了他们视群众为亲人、视驻地为故乡的火热初心。他们或奔波在村头巷尾、田间地头，千方百计为群众解困；或穿梭在城乡之间、企业院所，寻求项目带群众致富……每每夜深人静之时，群华挑灯夜战，寒来暑往，纸笔相伴，用心记录下他眼里的乡亲、乡村、乡愁。

朴实的语言，平实的故事，憨实的乡亲，务实的干部，这一切都让我感受到扑面而来的阵阵清新乡风，让我想起了千里之外父辈的乡村。

说其语言朴实，那是我展卷阅读之后，从书中浓浓的俚语和方言中体会到的。我想，这也是群华有意而为之的重要一点，那就是用群众的语言说群众的事，自然而然就多了些难能可贵的"地"气。文中对话场景较多，让人读之更有带入感，仿佛就是"局"中人。如在《木匠老雀》一文中他又写道："他充满歉意地冲我嘿嘿一笑：'比画错了，侯书记！不过没事，铁匠不怕短，木匠不怕长，重整一下就美了！你来俺村扶贫，恐怕以后你的很多活儿也会像这一样，反复下劲才中。'"语言朴实，且多了几分诙谐。话语实在、敞亮，如同一股清泉直抵读者内心。

说其故事平实，那是因为文中没有所谓的轰轰烈烈的动人事迹，都是娓娓道来的乡村琐事，这也是我为他定位"平实"的一个重要原因。如《返贫者说》，讲述的是在村里公益性岗位做清洁工的大姐担心自己脱贫之后，保洁工作的岗位不让干了，得到的答复是：摘帽"四不摘"。事情虽然不大，却如涓涓细流，润我心田，让我静思。

说其乡亲憨实，是因为群华娓娓道来的这些乡村故事，为我描绘出乡亲们一张张憨厚的笑脸。他们既是他笔下的人物，也是我故土的乡亲，好像从来都不曾离开过。在《老党员的眼泪》一文中，当村干部慰问88岁的老党员许振全时，许老却说："我对不起党啊，给党添麻烦了呀！""我不能要这个钱，现在老了，不能为党出力了，再给组织添麻烦，内心有愧！"憨实的乡亲，朴实的话语，动人的细节，又怎能不在你我心中荡起涟漪呢！

说其干部务实，这一点在书中更易看出。群华不惜笔墨记录了从省级机关的各级领导到驻村扶贫干部，再到村"两委"干部真心扶贫、为民解困的故事，这也是本书的一个主要落脚点。如在《携家扶贫的第一书记》一文中，王多义为了不耽搁自己的扶贫工作，又能照顾多病的妻子和老母亲，把家搬到了帮扶的凉水泉村，被誉为携家扶贫的第一书记。

纸笔无言，大爱无疆。感谢群华用他真诚又温暖的笔触，为我们记录下他和同事们扶贫路上的点点滴滴。文中有些事情，在你我看来可能微不足道，却正是这无数个的"微不足道"，才汇聚成今天美好生活奔梦路上的磅礴力量。

一切都是时代的缩影，让我们铭记这个时代，记住这群默默无闻的扶贫干部，他们是扶贫攻坚路上的最美"逆行者"。

"脚下沾有多少泥土，心中就沉淀多少真情。"最后，让我们用习近平总书记的话与群华共勉！

赵庆胜

（赵庆胜，作家、摄影家，出版有散文集《岁月是片澎湃的海》。）

自序

心底奔腾着母亲河

侯群华

我的老家在周口黄泛区边上，小时候总听大人们讲泛区泛区的，不知道咋回事，只知道黄泛区农场地肥水美，欣欣向荣。

一邻居是 20 世纪 60 年代从部队转业回家乡的，他算是村里见过大世面的人了。有一回大家伙儿都端着饭碗聚在胡同里边吃边"喷空儿"，他也在，讲起了黄河和黄泛区的故事。此时我才终于明白，泛区是黄河泛滥区域，指 1938 年郑州花园口堤岸遭到破坏后的受灾地区。他还引用了陈毅的《过黄泛区书所见》描述泛区："一过黄泛区，水茫茫。陷泥过膝及腰腹，人马欲渡川无梁。"从那时候起，我对黄河便充满了好奇和向往。

1992 年，我 18 岁，带着对黄河的敬畏，参军入伍了。新兵起运时在郑州坐的火车专列，北上到首都北京再转乘去山西

1

大同的专列。当列车行驶到黄河大桥上时，整车厢的新兵都沸腾了：快看快看呀，黄河，黄河！或许，他们也像我一样来自豫东平原，从小到大，只听说过黄河，没见过黄河，所以才激动万分。

车窗外，是一望无际的黄，水势敦厚，大气磅礴，真像李白诗中描绘的："黄河万里触山动，盘涡毂转秦地雷。"

奔腾不息的黄河被无数诗人浓墨重彩地描绘过，她在我心中越发变得神圣了。我激动得泪花盈目，此时此刻，黄河真正走进了我心里！多想让列车停下来，下去亲吻一下让我魂牵梦萦的母亲河啊！

到了军营，我们学唱革命歌曲，除了《团结就是力量》《我是一个兵》，就是《保卫黄河》，高亢激昂的歌词和曲调，把我们新战士们的爱国热情一下子给点燃了：

　　风在吼，马在叫，黄河在咆哮，黄河在咆哮……万山丛中抗日英雄真不少……端起了土枪洋枪，挥动着大刀长矛，保卫家乡！保卫黄河！保卫华北！保卫全中国！

时光荏苒。唱着嘹亮的军歌，放飞着报国的梦想，我从一名列兵成长为一名下士，再从下士考入军官学校。记得军校毕业那年，多雨的南方大江咆哮，洪水泛滥。而在我们的故乡，大河安澜，黄河依然静静蜿蜒。

那一年，我们全师官兵为支援地方经济建设，整建制地浩浩荡荡从塞北大同奔赴内蒙古大草原的黄河两岸，参加热火朝天的"呼西光缆"施工大会战。我心中狂喜，总算有机会来到黄河边亲近她了，近距离地感受母亲河的雄伟壮丽。

我们连的工地在托克托县境地，地处大青山南麓，西与贺兰山相通，从巍峨壮观、重峦叠嶂的贺兰山向东可俯瞰黄河河套。在这里，黄河生生不息的秉性也造就了胡杨三千年的刚烈：一千年不死，死了一千年不倒，倒了一千年不朽。三种姿态的胡杨在我们施工工地随处可见，犹如英雄丰碑，时时刻刻地焕发出无尽的力量。这对日夜奋战的官兵来说，是一种极大的鼓舞和激励。

施工中期，我们连受领的施工工地竟与黄河近在咫尺。黄河流淌的声音像是一支庞大的啦啦队，为我们呐喊助威。大家累了，到黄河边洗把脸，神清气爽；渴了，掬一捧"黄河乳汁"，甘洌心扉。

傍晚时分，夕阳西下，鳞波乍泛微风起，在光缆沟旁的沙砾堆上，头枕镐锹歇息，仰望伸手可摘的星星，我浮想联翩。我们的施工行动犹如在疆场构筑军用工事，干着干着，耳边似乎传来古代战马的阵阵嘶鸣和将士屯粮布阵的脚步声。"将军发白马，旌节渡黄河。箫鼓聒川岳，沧溟涌涛波……"

2017年，惜别热爱的军营，我从山西、内蒙古这两个黄河母亲恩泽的地方，又回到了故土河南，再次投入了母亲河的怀抱。我脱下国防绿，重披"战袍"再出征，奔赴了脱贫攻坚"战场"，担任驻村第一书记。在转业岗前培训中，正好有一项课程安排，到黄河小浪底爱国主义教育基地参观见学。我又一次亲近黄河！站在大坝上，感受"蓄水拦坝"的壮观，目睹"调水调沙"的震撼，再次领略了母亲河的博大雄浑。黄河这种不畏艰险、勇往直前的精神，也激励着我带领全村4000多名乡亲在奔小康的大道上奋斗不止。

（发表于 2020 年 12 月 7 日《河南日报》）

目 录

第一辑 扶贫记事

第二辑　可爱的乡亲

第三辑　可敬的第一书记

第四辑　战"疫"故事

附　　录

第一辑　扶贫记事

肖营村，我来了

在去往肖营村的路上，大巴从郑州出发一路南下。穿越300多公里的中原大地，或一马平川，或重峦叠嶂。碧空如洗，小河清澈湛蓝，一片片的玉米微微泛黄，勤劳的人们正在田里翻耕着土地，初秋时节的美景尽收眼底。一列列高铁风驰电掣般驶向远方，沿途怡人的风光让人陶醉。

在三四个小时的路途中，比起这些如画的风光，更让我心潮澎湃的，则是途中看到的一幅幅催人奋进的脱贫攻坚宣传标语——

车行至内乡与镇平的分岔路口，远远可以望见"精准扶贫势在必行，党员干部争当先锋"的巨幅标语。

路过郑尧高速鲁山界处，又看到"撸起袖子加油干，打赢脱贫攻坚战"的横幅矗立在路边。

进入镇平境内，首先看见的是一幅"贫困不除，愧对历史；群众不富，寝食难安；小康不达，誓不罢休"的标语。

到达肖营村，"全面建成小康社会一个不能少，共同富裕路上一个不能掉队"的标语首先映入眼帘。

这一句句看似简单的标语，既是军令状，也是警示牌。它们印证着一个个掷地有声的庄严承诺，表达了人民群众脱贫攻坚的信心和决心，彰显着一个支部、一个党委，乃至一个县委、县政府的初心和使命。同时也在告诫我们，在扶贫的道路上，一定要时刻牢记习总书记精准扶贫的嘱托，党员要时刻冲锋在前，不要忘记重任在肩。

想起这些，我猛然觉得自己肩上的担子更重了。我要用实际行动、用脱贫攻坚的成果兑现承诺。肖营村，我来了！

两副对联背后

当走近镇平县石佛寺镇大仵营村建档立卡贫困户王永群的新居前，首先映入眼帘的是一副鲜红的对联：住新房不忘共产党；好政策感恩习主席。横批：政府关爱。

走进堂屋，看到堂屋中间张贴着习近平同志像和另一副对联，内容是：为中国人民造幸福；为中华民族谋复兴。

这是王永群老人住上新居后，怀着喜悦之情亲自书写的两副对联。说起这个，老人充满感激地说："这对联我以后也不再换内容了，旧了我再重新写！"

安全住房问题是"两不愁，三保障"里的一项重要内容，危房改造是扶贫任务中的重中之重。王永群老人已经七十多岁，原来的房屋年久失修，家徒四壁，房子八面透风，住着让人担心。

脱贫攻坚工作开始后，脱贫攻坚责任组、县市场监管局驻村工作队与大仵营村"两委"一道入户走访，了解到老人年岁已高，又患有慢性病，生活极度困难。老人住房和生活困难的状况时刻牵动着大家的心。走访后，我们立即向专班、石佛寺镇党委和政府等如实反映，请求尽快争取政策，落实房屋危房改造补助，最终为其争取到了 D 级危房改造。经过短短两个多月的改造，王永群的新房已建好。

住在焕然一新的房子里，王永群再也不用担心墙不避风、瓦不挡雨了，生活幸福指数有了很大的提升。后来当我们再次拜访王永群老人时，老人显得格外亲切，他动情地说："我想都不敢想，自己这把年纪了还能住上新房，而这一切都变成了现实……多亏党的好政策，感谢为群众服务的好干部！"

脱贫攻坚方阵走过来了！

2019 年 10 月 1 日，是举国欢腾庆祝中华人民共和国母亲成立 70 周年的大喜日子。

10 月 1 日一大早，我就开始守候在电视机前，期待着中央广播电视总台的庆典直播。当看到"脱贫攻坚"方阵缓缓走过来时，彩车上巨大的"2020，打赢脱贫攻坚战"字样映入眼帘。作为一名扶贫干部，我的心情无比激动，因为这是礼赞过往的发展成就，更是面向未来宣示冲刺决心。

70 年来，全国人民在党的正确带领下，凭借智慧的头脑和勤劳的双手，挥洒着汗水和鲜血，顽强不懈地奋战在摆脱贫困的道路上。据报道，到目前为止，全国已经有 7 亿多人口脱离了贫困；仅最近 6 年，全国就有 8000 多万人脱贫。但另一组数据也让我沉痛不已，因为截至 2019 年 6 月底，全国已有 770 多人牺牲在扶贫一线。

看着扶贫工作的光辉成就，想到自己肩上的神圣使命，我的眼里禁不住热泪盈眶！这是幸福的泪水，感动的泪水。作为千千万万扶贫攻坚干部中的一分子，我感到使命光荣，责任重大！在攻坚拔寨的冲刺阶段，我一定要拿出自己更大的决心、更长远的思路、更精准的举措，帮扶我们肖营村打赢、打好这场"硬仗"。

扶贫攻坚大比武

一日，县城大礼堂灯火通明，座无虚席，这里正在进行"全县村党支部书记扶贫攻坚大比武"活动，气氛紧张而激烈。

只见我的搭档——村支书刘国保坚定自信地走向主席台，以一口浓重的南阳口音开始了他掷地有声的演讲："我叫刘国保，是肖营村党支部书记，别看我的个子小，扶贫攻坚有一套。"别致的开场白，立刻引起台下一阵热烈的掌声。我暗暗竖起大拇指称赞，好个别出心裁的刘国保！

刘国保继续侃侃而谈：

"今天我是带着必胜的信心来打擂的，决心打出成效、打出威风，擂响镇平，为'如花似玉'的玉都街道增光添彩。

"我们肖营是令兄弟村非常羡慕的村，为什么这么说呢？且听我一一道来。2018年以来，我村共接受省、市、县各级专项检查10余次，获得第一名7次，第二名2次，第三名

1 次。

　　"不管是产业项目还是宜居环境，'我有你无，你有我新'。比如养殖业、种植业，我们都有，而且规模都比别的村大。在这里，我有四点感受想与大家共勉：一是抓党建强队伍，引领脱贫攻坚；二是抓精准强产业，助推脱贫攻坚；三是抓落实重实效，助跑脱贫攻坚；四是抓谋划强发展，打赢脱贫攻坚。

　　"今天，我以肖营为骄傲；明天，玉都以肖营而自豪！"

　　经过一番激烈的角逐，最终，我们村夺得了产业扶贫第一名、支书演讲第二名的骄人战绩，获得奖励 10 万元。

建仓储物流园

　　来到肖营村扶贫，河南省药品监督管理局就是我的"娘家"，更是我抓帮扶的坚强后盾。2019 年 8 月，省市场监督管理局扶贫办说要给村里下拨 50 万元的帮扶资金，让村里报项目，真是天降喜讯！

　　接到这个令人振奋的好消息后，我第一时间把村支书叫到办公室，共同商量报什么项目好，又该如何使用这项资金。

　　村支书说："咱村地处城乡接合部，是典型的城郊村，具有天然的区位优势，我们应该在这方面找突破口。"

　　"你说得对，县城建设发展迅猛，咱村又地处产业集聚区，我觉得建个 1000 平方米的仓储物流园，肯定吃香。"我说。

　　"这么大规模？那我估摸着这 50 万可能不够。可是如果建太小了，不易出租。要不然咱们去请示一下街道办领导，看能不能支援一把？"

　　带着喜悦的心情和大胆的构想，我们立刻出发，来到街道办，找到分包村里扶贫的责任组组长陈卓（党工委副书记）。说明来意后，他非常赞同我们的想法："习总书记讲过，脱贫攻坚，精准是要义。项目安排精准是六个精准之一，我看这个项目就非常符合习总书记的指示精神。"

　　第二天，陈书记向我们反馈消息，说街道办领导也非常认同和支持我们的设想，计划再追加 50 万，助力项目上报并落地。

脱贫小记

金秋十月，硕果飘香。

一日，村部会议室里坐满了党员、村民和贫困群众代表，这里正在召开脱贫攻坚推进会。村支书刘国保满面笑容地告诉大家："今年是个丰收年，家家户户都大囤尖来小囤流。咱们的扶贫工作也取得了可喜进步，最初标定的 26 户贫困户，将有 21 户跨入脱贫行列……"

随后，街道党工委副书记兼村扶贫责任组组长陈卓带领支书、街道办包村干部和我一行四人，踏着细细秋雨，深入拟脱贫的村民家里。伴随着乡亲们亲切的招呼声，我们现场调研，认真征求群众意见，宣传脱贫政策，查看群众实际生活条件。组长陈卓一边走访，一边还给街道党工委领导直播汇报现场情况。

走访完所有的拟脱贫户，我们回到村部，只见村副主任赵亚军、乡派包村干部乔振东正在认真地拿着拟脱贫户的各种数据进行汇总、计算、比对。

我说："两位辛苦了，数据务必要保证准确无误。"

赵亚军郑重地回答："放心吧，侯书记！我们一定以群众真实的'收成'落实好习总书记'真脱贫、脱真贫'的指示要求。"

组长陈卓由于有其他紧急公务要处理，要提前离开。临走时他反复强调，一定要把脱贫对象定准，兜底对象兜实；务必要把这一情况形成书面文字和表格，明天一并公示出来，切实按照"四议两公开"程序抓实落细。

吹响创建"淘宝村　淘宝镇"的号角

2019 年初秋时节，细雨蒙蒙，凉意阵阵，镇平县会展中心千人大礼堂里却气氛热烈，高潮迭起，这里正召开镇平县创建"淘宝村　淘宝镇"助力乡村振兴工作推进会。

来自各乡镇的领导、村干部和省市县乡派驻的第一书记们，在这里齐聚一堂，共商借助电商推动经济发展的盛会。通过观看全国电商先进典型宣传片，聆听创建先进乡镇的领导们介绍成功经验及心得体会，大家不住点头赞赏，还认真做好笔记。电商网络平台、物流商家带头人对县里电商的助力和展望，让偌大的会场响起阵阵掌声。整个会议持续了 5 个小时，但自始至终无人离席，很多人甚至都没觉察到午饭时间已过去了许久。

这些带头人给我留下了诸多深刻的印象，其中有一点更让我久久难以忘记。

他们说，过去鱼论斤卖，现在有了电商，都可以论条卖了。侯集镇的一条锦鲤甚至在网上拍卖出 10800 元的天价。而且经过特殊处理，可以让鱼在物流途中存活 7 天。在这 7 天里，物流就能到达国内任意一个角落。他们的报告让我欣喜不已，这样先进的电商理念，不正是我们扶贫所急需的吗？

会议最后，艾进德县长语重心长地告诉大家，人家在淘宝上连土都可以卖（山东"90 后"小伙开淘宝店卖"黄河沙土尿裤"月入 10 万），空气都可以卖（浙江磐安"80 后"空气哥卖空气年入 400 万），镇平是全国金鱼之乡、地毯之乡、玉器之乡、玉兰之乡，这么多独特的资源，为什么不能成为知名的淘宝村、淘宝镇，乃至淘宝县呢？！而且，做电商并没有年龄和学历的限制。有位 70 多岁的老汉受环境的影响，用一个指头在电脑上捣来捣去地下单，一年竟然捣出上百万的交易额，人送外号"一指禅"，连央视都采访了他。更重要的是，镇平县与阿里巴巴已签署了战略合作伙伴协议，天时、地利、人和都具备了，就没有理由不成为名扬全国的淘宝县啊！

外面的雨下得越发大了，我心中的一团火却燃烧得更加猛烈，这不正是抓精准产业扶贫的最好抓手和切入点吗！

初建"淘宝村"

县里召开创建"淘宝村 淘宝镇"推进会后，我踌躇满志。有了政策的大力支持，有了良好的外部环境，我开始紧锣密鼓地着手我们村的"创建淘宝村实验基地"建设。我先召集村干部，传达县推进会精神，同时征求意见，制订方案，上报请示。整个过程进展顺利，我的方案得到了县、乡两级的肯定，还被县里初步指定为创建淘宝村两个示范点之一。

可是"创建淘宝村实验基地"建设的人手少、经费缺，上上下下期望殷切，这些都让我感到前所未有的压力，但是我坚信总会有解决的办法。

人手少，我就招兵买马。为了组建首批淘宝骨干队伍，我先摸清全村年轻人使用电脑的基本情况，以及愿意致力于电商事业的人数，然后鼓励村干部带头参加电商业务培训，学习相关知识，以达到培养一个带动一批，起到真正引领和带动淘宝村发展的效果。

　　经费缺，我就省吃俭用。我先拿出一部分办公经费，购置了一些基础设备和办公桌椅。运用所学的电脑知识，我自己动手设计"创建淘宝村实验基地"标牌，名称、字体、颜色、logo（标志）都力求新颖，并具有乡村特色，省去了不少设计费。

　　经过一番努力，肖营村的"创建淘宝村实验基地"建设终于初显成效，我由衷地感到开心与满足。

省局领导调研

在庆祝中华人民共和国母亲 70 周年华诞的前夕，省药品监督管理局局长章锦丽率调研组来村深入走访调研，并看望了我村贫困户及驻村干部。

章局长先是走入贫困户家中热情地嘘寒问暖，并送去慰问金。随后到敬老院看望局里对口帮扶贫困群众李坤六老人，章局长关心地询问他的身体情况，在这里生活如何，有什么困难没有，并嘱咐老人在秋冬交替季节注意保暖和饮食。老人激动得紧紧握住章局长的手，说："感谢领导大老远地来看我!"

走在返乡创业扶贫足球生产车间，章局长强调，扶贫攻坚，最终还要是靠产业做支撑，村里要利用好、发挥好城郊区域优势，不断壮大村集体经济，带动贫困群众就业脱贫，实现圆满完成政治任务和经济收入双赢。

在捐赠帮扶资金仪式上，章局长明确指出，省局领导高度重视驻村帮扶工作，要求驻村工作队与村"三委"班子戮力同心，一定要打赢打好脱贫攻坚这场硬仗，增强老百姓的幸福感、获得感。

时间在不知不觉间过去，临走时，章局长语重心长地鼓励我们要量力而行、尽力而为，继续保持苦干实干、勇于担当的良好帮扶态势；既让党的政策落实到位，又要激发贫困户内生动力，确保在全面建成小康社会的道路上一个都不掉队。

目送着章局长等领导的车子渐渐离去，我和队员小邹的心中久久不能平静。我们细细回味着章局长给予我们的鼓励和关爱，并暗暗给自己鼓劲：一定要把章局长提出的帮扶新思路和工作新要求落到实处。

"淘宝村"建设新思路

近期在网上有一条新闻刷爆屏：河南一副县长直播卖货成网红，半小时成交近3000单。

他就是镇平县的副县长王洪涛。2019年10月28日，王县长亲临我村现场调研指导我们淘宝村的创建工作。

来到我们的淘宝村创建基地，王副县长对这里的工作进展给予充分肯定，同时指出要想走在全县的淘宝村创建前列，还得加快速度。在技术方面，他提出，除了寻求乡镇领导的支持外，还要积极引入电商技术人员，并充分利用村小学里的多媒体教室，分批次滚雪球式地培训淘宝操盘手，以缩短下单日周期，不断壮大电商规模。

而后，他又到村里的足球和热转印两个扶贫车间，了解返乡创业企业的发展状况，还不时关心询问工人及车间的安全生产问题，让大家一定树立"安全第一"的意识，更殷切地希望并鼓励车间负责人要为家乡多做贡献。

　　最后，王副县长特别强调，最关键的是村里的政策支持，一定要把与阿里巴巴签订的战略合作平台的资源用活用足。

　　听了王副县长的话，我的内心非常激动，干劲十足，下定决心撸起袖子大干一场，争取为肖营村的发展添砖加瓦。

深刻领会"四员"职责

前不久，县委组织部召集全县驻村第一书记，开展了一次"不忘初心、牢记使命"主题教育封闭培训。培训仅有短短两天时间，却让我感觉收获颇丰。

此次培训紧贴驻村工作实际，联系现实，可操作性极强。从县委党校老师讲党史和党性原则的相关理论知识，到扶贫办专家讲解如何提升乡村建设的治理能力，内容有的放矢、通俗易懂，让我们一下就明白了基层读原著、学原文、悟原理的现实意义，也使我们这些第一书记们在培训中扎扎实实地充了一次电。

在此次培训中，县委组织部副部长李珂提出，开展扶贫工作的目标任务最终落脚点是要当好"四员"。第一书记要当好如下"四员"：

第一，围绕建强村级组织，当好班子"指导员"。班子齐，泰山移。凝聚力的形成，得靠一个好的指导员，努力引导村干部做心中有党、心中有民、心中有责、心中有戒的"四有"好干部。

第二，围绕推进乡村振兴，当好致富"领航员"。建设美丽乡村犹如一列奔驰在致富路上的列车，动力的精准输出还得靠第一书记的精准领航。

第三，围绕提升基层治理，当好制度"施工员"。制度是支部堡垒的基石，没有过硬的政治素质是当不好这个施工员的。

第四，围绕办好惠民实事，当好为民"服务员"。全心全意为人民服务是我们党一切行动的根本出发点和落脚点，第一书记就是全村人的"服务员"。

以上"四员"的观点定位准确，要求明确，我觉得将该"四员"的要求作为行动指南，认真贯彻其要求，将会对我们这些第一书记开展扶贫工作大有裨益。

我的驻村初心

县委李书记、组织部黄部长找我座谈党建工作时，我向两位领导汇报了我来驻村扶贫的初衷。

2017 年底，我转业安置到原河南省食品药品监督管理局。犹记得当初，我足够自主择业条件，按朋友的话说，坐家里什么都不用干，一个月就能拿到好几千的退役金。可自己转念一想，年纪轻轻就闲置在家，实在辜负了党对我二三十年的培养。于是，我果断选择了择业安置。

走上新闻宣传工作岗位，加上对写作的热爱，除去做好本职工作，我笔耕不辍，在短短一年半的时间里，就发表文学、摄影等作品 300 多篇（幅）。在采访工作中，有一件事直接触发了我驻村扶贫的心弦。

那就是采访一线扶贫的驻村第一书记们。他们有的是我的同事，有的是我的转业战友或同学；他们不远千里，抛家舍口深入农村，扎根基层。他们一个个奋战脱贫攻坚前沿的动人情怀深深打动了我。采编文稿时，我曾激动得数次落泪。后来，我根据采访，着手创作报告文学《刁河村的扶贫故事》。其间，恰逢出差去参加一个培训，从郑州坐上高铁，我一路上都在修改文稿。然而，因为过于投入，我差点坐过了站。随后，《刁河村的扶贫故事》很快发表在《河南日报》"中原风"版块，占去大半个版面，好评如潮。后来，我又写了一些有关第一书记的文章，相继发表在《中国医药报》《大河报》《解放军报》《中国国防报》等报刊。每每再次读起他们的感人事迹，我总会一次次湿润了眼眶，同时也为他们感到骄傲和自豪。

就在这一点一滴的感化中，我渐渐萌生了驻村扶贫的念头。天遂人愿，后来果真有了机会，我毫不犹豫主动请缨，火速递交了申请书。也许是我的诚心打动了组织，我的申请很快就被批准。收到通知，我的内心万分激动。我要前去的地方是南阳市镇平县玉都街道肖营村。

肖营村是省局 16 年来倾情帮扶的一个村子。从 2004 年到 2020 年，每一任驻村干部都带着省局领导的重托和关怀来到村里，我是第 11 任。虽然我来村里时间不长，但我深知，这个接力棒是沉甸甸的……

刚到村里报到时，省局党组书记马林青还交给我一项特殊的任务，即要把省局 8 个驻村扶贫点团结好，做好相互交流，认真总结相关经验，搞好新闻宣传，也算是我驻村扶贫的一个使命。

于是，不到 20 天的时间，我就与一些媒体朋友一道采访、拍摄、撰写了一篇《真抓实干精准发力　纵深推进对口帮扶》的新闻稿，刊登在 2019 年 6 月 3 日的《河南日报》上。这篇报道在社会上引起了强烈反响，不但有力地促进了第一书记导向性、靶向性抓脱贫攻坚工作，而且极大地宣传了我们玉都街道肖营村，产生了良好的社会效益。

我向领导郑重保证：作为驻村第一书记，我一定充分发挥自己的特长，把肖营村，包括玉都街道办的好经验、好典型，宣传好、报道好，全力带领大家脱贫致富。

难忘的十天

省委青干班第五组学员进驻俺村进行脱贫攻坚和乡村振兴专题调研暨体验式教学，为期 10 天。他们一行 3 人，带着调研和帮扶任务，与我们驻村工作队和村干部同吃同住同劳动。

短短 10 天里，他们做了大量工作：走村入户采集数据，调阅资料，到贫困户家了解群众"两不愁三保障"落实情况，考察产业扶贫效益和带贫情况，到全县其他 8 个驻村分布点联络协调调研教学情况……他们把亲自搜集到的第一手资料和数据进行分析对比，深入思考农村的脱贫攻坚成效和乡村振兴前景。

繁忙的工作间隙，他们还不忘抽出时间积极组织进行"不忘初心、牢记使命"主题教育。

学员朱宁华（某县副县长）结合自己长期从事乡镇基层工作的切身体会，从国内讲到国际，从十八大前讲到十九大新时代，从三大攻坚战讲到老百姓的生活巨变，把深刻的道理融入通俗易懂的故事，阐述了幸福生活是靠奋斗得来的，安居乐业的环境来之不易的道理，激起了党员们对美好生活的向往和脱贫攻坚取得胜利的必胜信心。

学员骆国利（省委组织部副处长）从较高的政治站位上，透彻讲述了共产党人为什么要坚守初心和使命；教育党员们要用习总书记"我将无我，不负人民"的赤子情怀，滚石上山、爬坡过坎，引领全村4000多群众为建设美丽乡村而不懈奋斗。他还教育党员，要学会敬畏和感恩。敬畏自然，敬畏法律，敬畏人民，与人民心连心、同呼吸、共命运，造福一方……

两位学员的精彩授课，赢得了大家的阵阵掌声。

诚然，调研组给予肖营村的远远不止这些，他们还送来了可贵的治村之道、振兴之略，经由我们把这所传之经、所送之宝绽放在奔向小康的大道上。

我的扶贫故事会

2019 年 10 月 22 日，受县市场局局长刘元礼之邀，为配合他们局开展的"不忘初心、牢记使命"主题教育，我讲了我驻村扶贫的身边故事。

我就从在哪里开始扶贫到怎样开展扶贫讲述了发生在自己身上的故事和自己的深切体会。

来到村里，我把第一书记的四个职责当成我抓帮扶的"指南针"和"定盘星"，以抓基层党建高质量促进脱贫攻坚高质量，以推进精准扶贫高质量提升帮扶工作满意度，以为民办事服务高质量提高群众获得感，以提升治理水平高质量加快建设美丽乡村的节奏和步伐。这也是省市场局唐局长在主题教育提出的"守正创新"中的守正，做到了守正，首先能保证帮扶方向不会偏。

放下省派干部的架子，扑下第一书记的身子。开展扶贫就得"往深里走、往心里走、往实里走"，即抓支部带支书往深里走，了解民情往贫困群众心里走，落实"真脱贫、脱真贫"往实里走。五天四夜工作制中，我与支书除了睡觉不在一起，基本上天天泡在一起，一块工作、一块做饭、一块谈心学习，学习他作为一名老党员的厚重党性，学习他以村部为家的个性，学习他真诚待人的品性，学习他一心为民的秉性。

了解民情，我以总书记谆谆叮嘱驻村第一书记"脚下沾有多少泥土，心中就沉淀多少真情"为座右铭，走进老百姓的心里。我先后走村入户了60多户，户户都给我留下深刻印象。有的在院里养猪、羊、家禽，气味熏得人想吐，但我没有在老百姓面前捂过一次鼻子，为的是拉近心与心的距离。

个人生活中可以将就点，但盯着问题抓落实一点都不含糊。那两周迎国检，天气炎热，有几次入户想中暑，都没有跟村支书张口推托早退，回到村里歇歇就差不多了。热水器坏了，将就着烧点热水洗一洗完事。为了不出现一户漏评错评、不错退一户贫困户，我带领村干部行程100多里到外乡派出所、民政所调查取证，处理结果让上级很满意。

讲完故事，会场响起阵阵掌声。

暖心的压轴话

初冬时节，一天寒过一天，但大礼堂县领导的关怀和殷殷嘱托却如暖流，激励温暖着每一个奋斗在脱贫攻坚战线上的干部的心。

镇平县脱贫攻坚第 21 次推进会，由县委李书记亲自主持。会议内容主要有黄副县长传达上级对脱贫攻坚明察暗访的通报精神、郑副书记部署第四季度脱贫攻坚"十大决战"任务等。各级领导讲话言简意赅，通报问题不留情面，给与会人员留下深刻印象。其中，让人印象最为深刻的则是李书记的压轴讲话。

第一，给大家敲敲警钟。户脱贫、村出列、县摘帽，这是好事，是大家奋战得来的。同志们，脱贫攻坚只有进行时，没有过去时。但现在思想松劲、滑坡，刀枪入库的现象非常可怕！因为下个月就要迎接国家验收，1 月接受省里全面验收。哪还有时间放松啊？你们要是现在感到寝食难安，那就对了!

第二，公益性岗位擅自减人，坚决不行。除非是贫困户干不了活，否则，纪委要追责的。

第三，确保"住人不危房、危房不住人"。危房坚决拆除，但不是让你开着推土机给人家的房子推了。这边你推着，那边老百姓就上访，这样是不可以的。如果能让老百姓笑眯眯地拆了，这才是你村干部的本事。

第四，支部书记、第一书记、工作队长，这三个人干的活是在给责任帮扶人身后"溜红薯"，发现落实不中了，喊回来。

第五，支书要用真情给老百姓解决实事，如果不行的话，是因为一碗水没端平。

第六，县里在市里张文深书记的"三个一"工作法(每周一次暗访脱贫攻坚，一次明察项目建设，一次现场办公解决发展中的具体问题) 基础上，推出"六个一切"，可以说"上接天线，下接地气"。

第七，花那么多钱创建扶贫车间，却 40% 没多大效益，带贫效果不明显，让人心疼。你们各级要查找原因，不能让钱白白花掉。

如果在座的各位把这几句话都落到实处了，老百姓会感谢你们的，那你们的"不忘初心、牢记使命"主题教育算是学习贯彻得最透彻、最深入、最称职了。

　　最后，我宣布：哪个村危房拆迁搞得好，现场会就在哪个村开，并且有重奖，现场发放！

携手共筑乡村安全用药防线

一日，省药品监督管理局副局长庆凌带着团队、带着问候和祝福来到肖营村，在村文化广场隆重举行了"城乡携手共建药品安全防线进基层"之走进肖营村咨询活动，这也是我省"安全用药月"系列宣传活动的一项重要内容。

在启动仪式上，庆副局长发表了热情洋溢的讲话，情恳意切，令人不胜感动。

省局持续15年定点结对帮扶肖营村，尤其是近年来，在大家的共同努力下，咱们村2014年就走出了贫困的行列，一跃成为镇平县基层党建"红旗村"、产业发展先进村、美丽乡村示范村。这些成绩来之不易，离不开村"两委"的艰辛付出，更离不开全体村民的辛勤劳动。在此，谨向肖营村村"两委"的同志和各位乡亲，致以崇高的敬意和亲切的慰问！

庆副局长还说，保障人民群众用药安全，是政府和监管部门的法定职责，关乎老百姓最关心、最直接、最现实的利益。此次"城乡携手共建药品安全防线进基层"活动的开展，也是通过科普扶贫、助力脱贫攻坚的具体举措。通过宣传《药品管理法》《疫苗管理法》及相关法律法规，普及安全、合理用药的科学知识，进一步推动安全用药知识在农村地区的普及，提高基层群众安全用药水平，倡导科学合理用药的"正能量"。希望各位乡亲积极参与，获取知识、受到启发，更好地维护自身健康权益。

活动期间，在室外，权威医药专家、老中医等现场零距离接受群众寻医问药；在室内，省药学会专家专题讲授药品安全知识。真真切切让用药安全零距离进农村、进基层，解决群众实际困难，为基层群众做好事、做实事。

整场活动受到村里群众的热烈欢迎，大家自觉地在各个咨询台排起了长队，活动时间大大超出了预期安排。

"淘宝村"创建第三次推进会

周五中午，副县长王洪涛顾不得休息就驱车赶到肖营村，主持召开淘宝村创建第三次推进会。

村部二楼会议室里，街道办王主任、商务局电商专班人员、包村干部、电商企业老板、淘宝店长代表以及村干部，汇聚一堂，共商淘宝村建设新篇章。

王副县长说："先听听侯书记近段以来的工作进展。"

我说："我们淘宝村创建实验基地硬件设施基本到位，11台工作电脑，投影仪、音响、网络架设全部到位；有开淘宝店基础的人员摸底也进行得差不多了，下一步就等着组建淘宝骨干队伍，先培训后孵化，扩大到全村乃至全乡镇。"

"看来，侯书记对这项工作抓得很紧。"王副县长欣慰地说。

接下来是电商企业梁总汇报他的技术帮扶服务构想。

王副县长说："肖营村是城郊村，电商基础好，前期与侯书记交流沟通过，前期打造两三个村播达人没问题，比如已创建成熟的农业合作社的老党员李万军，他既有农业部核发的产品认证书，又有上千亩的农产品种植规模，而且人品好、技术精，大大小小的荣誉有上百个，对这样的达人培养对象进行定制包装，想不成网红都难啊。"

大家听得会心一笑。接下来，气氛又一下子变得紧张起来，乡镇领导、刘支书为服务培训费用争得面红耳赤。

最后，王副县长说："都别争了，村里经济条件也不宽裕，企业要站在帮扶的角度，服务要高质量，费用要低标准。下周一是县里集中为大家办理开店注册的时间，别耽误了，店的数量一定要达到。我下午到省里还有事，得马上出发，不然就来不及了。"

大家下楼送王副县长，看着他为镇平的电商事业如此忙碌奔波，心里都由衷地感到敬佩。

有了政府的大力支持，肖营村的淘宝村定能做出一番业绩，请大家拭目以待吧。

省报记者来俺村

梧高凤必至，花香蝶自来。或许是我业余编写的众多扶贫小故事像一簇簇花儿一样，绽放在脱贫攻坚、乡村振兴的战场上，散发出阵阵幽香，赢得了众位亲朋好友的赞许与认可，《河南日报》的记者归心老师悄然而至。他的到来让我感到意外地惊喜，同时也让我在回眸中感到轻松愉悦。说句实在话，一头扎在脱贫攻坚一线这半年多来，我没多少时间在意自己的得与失，更看重的是乡亲们是否笑得灿烂开心，乡亲们三五成群端着饭碗在胡同里唠的对美好生活的向往是否发自内心。

刚到村党群服务中心，归老师就在办事大厅看到墙上挂着一面由玉都街道办颁发的"脱贫攻坚流动红旗"时，好奇地问村支书刘国保："这面红旗是怎么得来的？"

刘支书随口就来："我们奋斗得来哩！"如此高大上的回答让在场的一屋人都乐了。

是啊，一旁的玉都街道办党工委副书记、包村责任组组长陈卓补充说：

"支书说的一点也不假，今年以来，村里在'双基、双业、双扶、双貌'等领域确实付出了很大心血，取得了突出成绩，在 16 个行政村评比中脱颖而出。

"别看支书个不高，产业扶贫非常有一套。2019 年在县里脱贫攻坚大比武中，一举拿下了产业比武第一名，个人扶贫演讲第二名的骄人成绩。村里还得到 10 万块钱的奖励呢！"

"这都是陈书记、侯书记领导得好。"刘支书谦虚地附和着。

归心老师又来到扶贫车间，当看到足球加工生产的火热场面时，他很激动，立马被这里的氛围感染。他亲切地询问员工的情况，问他们一天能挣多少钱，原来是干什么的，家里都有什么人，孩子多大了，等等。问得一旁的我感到汗颜，平时，我进车间也没有像他这样了解得那么细致。随后，他又向我们了解这个扶贫车间的生产销售状况，其中更关注的是扶贫车间的带贫效果和产业的长足后劲。这一切都令我备受启发，这不也是我第一书记今后努力帮扶的方向吗？

最后，他来到了村里 2000 亩的牡丹产业园。归老师看到后特别惊喜，兴奋之情溢于言表，脱口而出："我去年就听说了镇平有个 2000 亩的'后花园'，原来在你们村啊！"

当我给他介绍牡丹园前后投资 7000 万元，秉承"永无止境、润泽万生"的生态经营理念，从事油用牡丹和观赏牡丹的培育、种植推广、收储，以及牡丹油、牡丹花茶、化妆品等系列产品的深加工及研发，并可累计扶持农户近520余户，受益人数达1.5万人时，他由衷地赞叹："还是这样的项目接地气儿，能给老百姓带来货真价实的实惠！"

在脱贫攻坚的道路上，历尽曲折的我们已经有了阶段性成果，但我深深懂得，一分芬芳，万分重任，继续埋头实干，才能走得更远，肖营村的美好日子才会更早到来。

关心与慰问

2019 年 11 月 30 日，省市场监督管理局副局长杨自明来到了我们肖营村送温暖。

到肖营村之前，杨副局长刚调研慰问完兄弟帮扶村凉水泉村的学校和贫困户，却不顾天寒劳累，又一路颠簸 30 多里的崎岖山路，赶到了我们肖营村。所以我们就计划安排杨副局长慰问两户贫困户，我便和他商量："杨局长，时间也差不多了，咱就看望两户贫困户。"

"别管时间，先去村部你住的地方看看。"杨副局长微笑着对我说。

说句实在话，我的心里忐忑不安。杨副局长公务繁忙，下午还得赶着回省局，我们怎能占用他过多的宝贵时间呢？

到了村部，他径直走进我的宿舍。看我床上放着两床被子，他关心地问："群华，晚上睡觉冷不冷？"

"还行，盖厚点，睡着了就不觉得冷了。再说，还有空调哩！"我不以为意地说。

"村里的确条件有限，这是客观存在。放个电暖气应该会更好些吧，空调有的时候并不怎么起作用的。"杨副局长关切地说。

"谢谢局长关心，真的不冷，您就放心吧。"

随后，杨副局长又来到村部的伙房。杨副局长还特意给我们带来了米、面、油等慰问品，让人放到厨房，他又关心地问："平时吃饭怎么样，群华？谁做饭呢？"

我笑着说："有时候我就自己做，有时候刘支书给我们做，我在部队干过司务长，做饭还是没问题的。"

"那还不错，这我就放心了。"杨副局长高兴地说。

而后，杨副局长又重点考察了我们的足球扶贫车间。他首先肯定了足球产业发展的潜力，又结合他抓产品质量出身的经验，嘱咐车间主任多关心球胆密封上胶岗位员工的气体呼吸安全与防护，还询问足球图案印刷是否达到环保质量标准……真是事无巨细，他把能想到的都一一详细讲解。同时，仍不忘叮嘱车间一定严把质量关，让每一个足球都安全流入市场。

从扶贫车间出来，杨副局长连口水都没喝，紧接着就去拜访村里的贫困户。当看到贫困户家门口的路坑坑洼洼时，就很严肃地问："这是怎么回事？"我说："杨局长，这条路原本好好的，只是村里在进行'厕所革命'时铺设污水管道挖沟破路了，目前我们已经在协调资金和人员，安排补修，尽快修好。"

"是的，这个得抓紧办，而且天气越来越冷，赶上下雨下雪会给乡亲们的出行带来极大的不便，群华，这个目前可是重中之重。"

"好的，我们记住了，杨局长。"

接着，杨副局长走进贫困群众家中，嘘寒问暖，把慰问品、慰问金亲手递到两家大叔大婶的手中，并交代说，有什么困难和问题就尽管提，党和政府就是来帮助大家脱贫致富的……一句句温暖的问候，一声声亲切的话语，如春风，如朝阳，驱散了初冬的寒气。

脱贫攻坚，我们一直在路上！

扶贫"加油站"

2019年12月4日，临近二十四节气大雪。在镇平县会展中心大礼堂，正在举行"南阳市脱贫攻坚政策暨感党恩念党情巡回宣讲（镇平县）报告会"，整个会场座无虚席。

宣讲团共有5位成员。他们分别来自全市不同领域、不同岗位，有的是县扶贫办的领导，有的是驻村第一书记，有的是党支部书记，有的是贫困户代表。

李明豪，方城县扶贫办副主任，为我们详细解读了党的扶贫政策，从中央到地方，各级政府都严抓严管，扶贫的号角已经吹遍祖国大地，党的"为中国人民谋幸福，为中华民族谋复兴"的初心和使命更加深入人心。通过解读，群众都深刻感受到"两不愁三保障"的落实是国家领导的重要牵挂，"小康路上一个都不能少"是国家扶贫攻坚政策的最终目标。

惠大武，一名战士党员。2008年光荣退伍返乡，他以军人的担当挑起了庞庄村谁都不愿意挑的"烂摊子"——雨雪天路泥泞，日落伸手不见指，外村姑娘不愿嫁，村里小伙打工不回家，这是庞庄村的真实写照。而他，带领村"两委"班子艰苦奋斗 11 年，已经实现了由一个贫穷落后村向美丽乡村的华丽蝶变。

郭乙爨，方城教体局第一书记。他和我们分享了自己放弃机关舒适环境，下到农村最底层当村干部的不平凡经历。他是一个"失职"的爸爸、丈夫和儿子，却是一个最称职的优秀的第一书记，为我们塑造了第一书记的典型与榜样。

农民诗人王万才，来自城郊乡王庄村，用 8 万字的诗行，以朴实的语言写出了贫困户的心声，生动再现了自己从穷困潦倒的醉汉到脱贫致富的先进代表所发生的点点滴滴。以前，他的家里一贫如洗，自己又疾病缠身，几度想轻生，是党的脱贫政策让他重新拾起了生活的希望，是扶贫干部的倾力帮扶让他感受到了生命的温暖。

最令人动容的是内乡四坪村脱贫典型、义务信息员杨瑞丽。她不幸患有乳腺癌，先后两次手术使得双侧乳房均被切除，高昂的费用和病痛的折磨，令她痛不欲生，整日以泪洗面。是党的扶贫政策温暖了她冰凉的心，给了她第二次生命。她感激涕零，说要为党的脱贫事业而坚强活下去，决心用实际行动回报党的关怀。她很清楚，自己的生命不久矣，她说："我想报恩，我要做些有意义的事回报社会。等我不在了，只要体内器官能用，我都捐出去，让该得到救助的人获得重生……"杨瑞丽含泪倾诉衷肠，台下的听众无不流下了痛心的泪水。安静片刻，会场响起了掌声。掌声经久不息，送给坚毅而勇敢的杨瑞丽。

这些充满着正能量的动人事迹，可敬，可信，可学，可鉴。他们用真抓实干、真帮实扶、苦干实干、勇于创新的精气神，激励着奋战在扶贫一线的工作队员，带领老百姓以更加坚定的步伐走向幸福美好的道路。

对症的 "处方"

2019 年冬至前夕，省药监局副局长李新章、人事处处长袁文懿冒着严寒，从几百公里外的省城来到我们肖营村开展扶贫调研慰问。

两位领导来之前就给我提出要求并再三叮嘱：一是不听汇报，直接看产业，入户慰问，看望驻村工作队；二是年底了，大家都非常忙，绝不能分散县、乡两级领导的工作精力，以后也是这样，因为每月、每季度省局领导和机关处室、二级单位都要来村里对口帮抓驻村工作，各忙各的就好。

在足球生产扶贫车间，李副局长和袁处长进行了深入调研，关心车间员工的安全生产；在贫困户刘同岑家、冯玉珍家进行亲切慰问，嘘寒问暖；给我们驻村工作队送来了温暖，勉励我和队员小邹再接再厉。另外，我们给二位领导汇报了村里的坑塘治理成果和 "厕所革命" 进展成效。

参观完，李副局长和袁处长首先对村里的产业发展和肖营的美丽乡村建设给予了充分肯定，同时指导我们驻村工作队要注重把握好几个环节，以确保帮扶工作有效、惠民。具体如下。

第一，利用好城郊村的区位优势和政府扶贫政策优势。下大功夫打造好与城市发展同频共振的长远规划，以改善人居环境、改变生活方式为目的，切实提高老百姓的幸福感、获得感。说具体点就是把村里下一步的发展规划搭上镇平县城的发展规划快车，统一规划，彻底改观村容户貌，村民享受水电气网等管线的便利能有质的跃升。

第二，树立忧患意识。不能停留在户脱贫、村出列的自我满足上，要有"比学赶帮超"的压力和动力，提高村集体经济的"造血"功能。

第三，要转观念强引领，加强村"两委"班子建设。第一书记得学会巧发力，把"五支队伍"带好，走出去"学"，开阔视野，取长补短；请进来"教"，提高素质，要把脱贫攻坚讲习所的作用持续发挥好，最起码要把全村68名党员和19名小组长的心凝聚起来，先锋作用、模范作用发挥起来，合力推进肖营再上新台阶。

通过"号脉"，我们拿到了对症的"处方"。虽在冬日，我们却已觉得春意融融。趁着年关，我们再加把劲儿，继续奋斗吧！

危房清零在行动

在县里脱贫攻坚推进会上，县委李书记给各村布置了一项艰巨的任务：危房清零。同时，李书记还风趣地鼓励大家："哪个村做得好，就在哪个村开现场会，现场开支票奖励！"

开完会，我和村支书立马赶回村里，紧急召开村"两委"班子会，传达精神与任务。村支书严肃地对大家说："咱们现在要把危房清零当作眼下重中之重的任务，这是落实'两不愁三保障'的具体行动，一定要确保'危房不住人、住人不危房'！现在分任务：亚军负责党庄，文明负责小刘营，桂云负责肖营……"

妇女主任王桂云临危受命，接受了八支"将令"中的其中一支：杨大娘家的危房。

杨大娘平时在她儿子家轮流居住，老院子已不怎么住人，只是偶尔小住几天。因年久失修，被划为危房。桂云到杨大娘儿子家见到老太太，她正在择菜，桂云同志蹲下身子帮杨大娘择起菜来，边择菜边唠起了家常。

桂云把国家"两不愁三保障"的政策用自己的话说给杨大娘听，大娘听了觉得也确实在理，便说："你们村干部把党中央的关怀传达得好啊！唉，只是住了一辈子的老院，想留个念想，说扒就扒了，还真有点舍不得。"

桂云没想到这么顺利就把工作做通了，便赶紧给支书报告。支书则立即派人协调人员和工程机械，对杨大娘家的危房进行清理。

谁知拆了没两天，杨大娘的儿子找上门来，堵在了桂云家门口："什么情况？为啥先从俺家动土？看俺们好欺负是不是？人家都在看俺家的笑话你知道吗？今天不给个说法就别想出这个门！"

"你先别着急大兄弟，这是国家的政策和要求。危房不安全，这是为杨大娘的安全着想，你想想是不是？而且，你家带了个好头，村里还要表扬你们……"桂云耐心地解释着。

争论了半天，杨大娘的儿子悻悻离去。随后，桂云怕还有什么闪失，又去杨大娘家做工作了。

在杨大娘老院门口，围了不少看热闹的村民，大家你一言我一语地议论着。

桂云很坚定地说："大家听我说，危房清零行动，是政府对咱们的关心爱护，住危房不安全，要是出了事，后悔都来不及。房子是拆了，可是宅基地还留着，如果想盖了还可以再盖新房，还能继续享受国家的各项优惠政策。你们说，是不是这个理儿？如果不拆，你们又能捞到什么好处呢？"

大伙儿被桂云的一番话逗笑了，纷纷表示理解并支持村里的危房清零行动。

脱贫攻坚工作有了众位乡亲的大度与宽容，我们无比幸福与开心，衷心谢谢各位乡亲。

新年伊始扶贫忙

2020 年的元旦，当人们都沉浸在节日的欢乐中时，我和责任组长陈卓、村支书刘国保，迎着刺骨的寒风，带着村干部天不亮就早早地出发了。为了肖营的发展，带着希望、带着重重的使命，我们要南下湖北襄阳地区产业园深入考察调研。

驱车 200 多公里后，我们到达了目的地。

随行的一个村干部说："侯书记，依托你们省药监局优势，咱们村可以注册个医药销售公司，赚了钱归村集体经济所有，还能带动一部分人做销售。"

其他人也跟着应和："对，这个主意不错！"

我半开玩笑半认真地回答说："农民开公司卖药，是不是不务正业啊？"

随即我们就开始分析村里开公司的利与弊。我们村是城郊村不假，但村里主业是农业。而且农民并不懂药，也不熟悉药品市场，赚钱从何谈起？更靠谱一点的还是结合省药监局行业特点，利用城乡区域优势，发展特色产业，比如与第三方联合开个小型的医疗器械生产车间，我们出人、出场地，帮助注册生产经营并监管，这样还可行一些。将来，咱们村的贫困群众也有事干了，村集体经济也就有收入了。

他们纷纷赞同，依我的建议，我们改变了考察调研侧重点，又走访了几家有实力的医疗器械生产公司，掌握了一手可靠的产业发展数据。

奔波一整天，天黑时分，我们风尘仆仆地回到了村里。

在扶贫的日子里，我们度过了难忘而又很有意义的新年第一天。

雷书记春节慰问鼓人心

　　省药品监督管理局党组书记雷生云在春节前夕，冒着三九严寒，到肖营村走访慰问。除去走访慰问贫困群众、困难老党员，雷书记在村民大会上发表了热情洋溢的讲话，鼓舞人心，让我们有了只争朝夕、不负韶华的信心和决心。

　　雷书记说——

　　在 2020 年新春佳节即将来临之际，我带着局里新章副局长和几位处长，带着全局同志对大家的深情厚谊，专程来肖营村进行走访慰问和捐赠活动。在此，我代表省药监局全体同志，向在座的各位乡亲，并通过你们向全体村民表示诚挚的慰问和美好的祝愿！向一直关心支持肖营村脱贫攻坚工作的各级领导和部门表示衷心的感谢！向奋战在肖营村脱贫一线的脱贫责任组成员、村"两委"干部和帮扶责任人致以深深的敬意！

刚才听了驻村第一书记的汇报，还与村"两委"干部和脱贫责任组成员进行了交流。我感到非常高兴、非常欣慰，因为这几年，尤其是今年以来，大家在工作中的努力正像总书记在新年贺词里所说，"用汗水浇灌收获，以实干笃定前行"，你们坚决贯彻落实习总书记精准扶贫、精准脱贫指示精神，戮力同心、奋进攻坚，脱贫工作取得了骄人成绩，肖营村也发生了日新月异的变化。

其间，村里先后筹措扶贫专项资金 440 多万元，引进投资 600 多万元，联系社会捐赠款物 20 万元，村集体收入从零增至 24 万元。建成了"一园两区三基地"，成立了李万军农产品、产业扶贫等 3 个专业合作社，年收入近 500 万元，给贫困户分红 33 万元；引进足球出口产品加工厂、拓禾热转印公司，创造就业岗位 100 多个，产值 9000 多万元，给村民发放工资 190 多万元；投入资金 300 多万元，用于硬化村内道路、安装太阳能路灯、整修下水管道、整治臭水坑塘、整修路肩等。老百姓家庭收入提高了，生活水平提升了，主道巷道硬化了，照明路灯安上了，臭水坑塘整治了，河道水渠疏通了，村容村貌美化了，学校环境改善了，文化活动丰富了，贫困村也摘帽了，贫困户也由开始的 66 户 166 人减至现在的 4 户 12 人，贫困发生率由 4.1% 降至 0.27%。

乡亲们，岁月不居，天道酬勤。这些骄人成绩的取得是大家奋斗得来的，成绩来之不易，我们要倍加珍惜。

现在，我们已经进入崭新的一年，2020 年，这是个脱贫攻坚决战决胜之年，我们还要继续奋斗，携起手来，再接再厉，打好、打赢这场攻城拔寨之战！

在此，我也给大家提几点要求和希望：

一是思想不放松，力度不能减。虽然咱们村摘帽脱贫了，但还得继续好好干，不能有"船到码头车到站"的松懈思想，越是这个时候越是考验一个班子战斗力、凝聚力的时候。"幸福是奋斗出来的"，如果思想放松了，力度减小了，在决战决胜之年向党组织就交不出合格答卷，同时，给咱村 4000 多老百姓也交不了差。

二是努力实现由脱贫攻坚向乡村振兴的无缝衔接和完美过渡。在这方面，我们全体同志要有从胜利走向另一个胜利的信心和决心，只要有信心，黄土变成金。脱贫攻坚的胜利只是建设美丽乡村的前奏和基础，不管是工作任务上，还是思想认识上，二者都是相辅相成的，紧密联系的。即便工作重心转移了，但有作为、敢担当的初心决不能转移，要实现平衡过渡，工作标准只能提高，不能降低，工作质量只能提升，不能下降。建设美丽乡村实际上任务更重了，要求更高了，离乡亲们的美好生活向往更近了，所以我们不能马虎，更不能懈怠，路漫漫，其修远兮，希望大家重整行装再出发，干出更大更出彩的成绩。

我们也多了一份"不要人夸好颜色,只留清气满乾坤"的自信。

三是抓党建促引领。村党支部是各项工作的领导核心,抓好党建工作在推进脱贫攻坚和乡村振兴中起着至关重要的作用,因此,在新的一年里,驻村第一书记切实履行好新的"十项职责",与村党支部书记通力合作,精诚团结,要特别注重党员队伍的先锋模范作用的发挥,党员教育治理方式的拓展,村干部关系的协调和整体战斗力的提高,以及机制体制的完善。强化教育管理,保持党员队伍的先进性;拓宽发展党员渠道,提高农村党员质量;理顺领导管理体制,规范工作运行机制;建立村干部激励保障机制,激发干部干事创业的活力。

四是加强行业对口帮扶。省局一直是咱们肖营村和驻村工作队的坚强后盾,不管遇到什么困难和问题,我们都会伸出援助之手,以领导调研常态化和"支部连支部"的帮扶形式,在企业登记许可、标准惠农、知识产权、电商扶贫、消费扶贫、价格检查、公益广告宣传、就业安置等领域,仍将继续深入持久地开展精准帮扶,与村"两委"形成合力,构建帮扶长效机制,宣传引导机制,精准发力,纵深推进。"彩云长在有新天",相信,我们省局和肖营是和谐和睦的一家,共谋前程,共商村事,助力发展,必将迎来生机勃勃,蒸蒸日上的肖营新天地。

乡亲们，同志们，朋友们，"愿借天风吹得远，家家门巷尽成春"。希望村里领导班子带领 4000 多名乡亲，立足岗位，为实现祖国第一个百年目标而砥砺前行，在全面建成小康的路上，一个都不能少！实现稳定脱贫，一户都不落。向全体父老乡亲兑现"不取得完胜决不收兵"的庄严承诺！我坚信，咱们肖营村经过前几年的拼搏奋斗，也具备了这样的条件和基础，"百尺竿头更进一步"，只要我们驻村工作队与村"两委"继续沿着继往开来的道路前行，就一定能抵达胜利的彼岸，肖营村将是一个更加美丽的乡村，所有父老乡亲的生活将变得更加美好、更加幸福！

再过几天就要迎来鼠年的春节了，我谨代表省局党组和机关，向大家拜个早年！祝愿大家身体健康、阖家欢乐，万事如意！

爱心积分

党的十九大报告中提出："坚持大扶贫格局，注重扶贫同扶志、扶智相结合。"扶志就是扶思想、扶观念、扶信心，帮助贫困群众树立起摆脱困境的斗志和勇气；扶智就是扶知识、扶技术、扶思路，帮助和指导贫困群众着力提升脱贫致富的综合素质。

2019年12月26日，我村几名贫困户在党群服务中心办事大厅开心地领取爱心积分，工作人员在旁认真地登记着。

这是我们肖营村开展"智志双扶"活动的又一力作。为了帮助贫困群众早日脱贫致富，激发他们的内生动力，我们采取了在公益性岗位上用自己的表现挣积分的激励机制。一分对应一元钱，积够一定数量的分数，可以到村里爱心超市里兑换自己想要的物品。物品大都是群众生活中的必需品，有油盐酱醋，也有被褥枕头、热水壶、水杯等。

在每月的评比中，为提高"智志双扶"工作质量，都要评出"黑旗、红旗"，奖勤罚懒，并让小红旗获奖者上台演讲，谈感受，谈体会，谈经验做法，与大家一块分享快乐和喜悦。其中，保洁队队长杨振东就是一名经常上台领"小红旗"的劳动积极分子，他不怕苦不怕累，带领保洁队一次一次出色地完成任务，在他们的辛勤劳动下，肖营的村容村貌多次在县乡评比中夺得冠军。

小超市，大民生。爱心超市的设立，不仅关系到村民生活质量的改善，还关系到贫困群众素质的提升和乡村文明的进步。大家你争我赶，在脱贫向善的道路上走得越来越开心幸福。

淘宝电商培训开讲了!

2019 年 12 月 27 日,大家盼望已久的"肖营村'淘宝村'创建第一期电商培训班"终于开班了!

入秋以来,从县里召开"淘宝村淘宝镇"动员推进会起,我们肖营村就马不停蹄、紧锣密鼓地着手筹划淘宝村创建实验基地,筹措基地建设,采购安装调试设备,布置营造基地运作环境,聘请电商企业谋划前景、探讨淘宝规划建设方案,邀请县领导现场观摩指导,与县、乡、电商三方商谈合作战略计划,组织报名,调查摸底报名人员的素质和从事电商情况,等等。一系列工作有序开展着。当下,培训班终于要开讲了。

主讲人是秦巴供应链有限公司的总经理梁耿策。他是一名非常优秀的镇平本地创业青年,曾在北京打拼十多年,目前专门从事电商,在国内淘宝、京东、天猫等平台打造了多家自己的精品商铺,积累了丰富的电商运营经验。梁总有着非常深厚的家乡情怀,他主动放弃自己在北京多年打拼的优越电商环境，只身回到镇平老家，从零做起，从基层农村做起。去年他返乡创业，很快被县政府相中，认为他是一个不可多得的人才。理所当然，推进全县"淘宝村淘宝镇"创建的重任就落到了他的肩上。

此次培训班一共两堂课：一堂是开训动员暨电商基础知识，一堂是淘宝店的开设和营销实务。第一课由梁总讲，第二课由公司业务骨干讲。现场学员个个聚精会神，听得津津有味，而且一边听一边认真地做记录。有一个学员开心地说："没想到淘宝这么奇妙，听了老师的课，我对电商更感兴趣了。"他还说："自己富了不算富，带动家乡人民共同脱贫致富才最有价值。"令人肃然起敬。

新春走基层 爱心暖融融

2020 年 1 月 13 日（腊月十九），肖营村的乡村庭院到处飘香，过年的味道越来越浓。

河南省药监局党组书记雷生云，带着机关干部、职工的深情厚谊，专程来到对口扶持的贫困村镇平县玉都街道办肖营村，进行春节走访慰问和捐赠活动，并调研指导帮扶工作。

雷书记冒着三九严寒，深入基层农村嘘寒问暖，为 61 户贫困群众、6 名困难党员和老党员送上过年的生活用品和 5.8 万元慰问金。询问他们吃得怎么样，穿得怎么样，平时看病难不难，家庭收入怎么样，年货准备齐了没有，有什么困难需要解决……又到驻村工作队员的宿舍、伙房里，摸摸被子薄不薄，仔细察看窗户漏风不漏风，掀开锅盖闻闻饭菜香不香。无微不至的关怀，让驻村干部倍感温暖。

雷书记认真听取了驻村第一书记的工作汇报和扶贫成果简要介绍。雷书记说，看到村里干部变精神了、村容村貌变美丽了、群众素质变高了，"淘宝村"电商创建初具规模，"一园两区三基地"产业后劲十足，感到由衷的欣慰。他指出，驻村工作队要继续围绕新的十项职责开展工作，充分发挥省局对口帮扶优势、城郊区域优势、行业政策优势，瞄准机遇谋篇布局，再上新台阶。

雷书记强调，从脱贫攻坚向乡村振兴转化，要坚持戮力同心不松劲，把"产业兴旺、生态宜居、乡风文明、治理有效、生活富裕"这 5 个振兴目标，一项一项地谋划、一项一项地推进；要坚持扶贫与扶志、扶智相结合，激发群众内生动力，变"输血"为"造血"；要坚持守正创新，站位再高一些，思路再宽一些，打造县城"后花园"；要坚持党建引领，把党组织建设好，"两委"作用发挥好，提升组织能力和治理水平，激发干部群众干事创业活力。

"用汗水浇灌收获，以实干笃定前行。"雷书记代表省局党组和机关向大家拜年的同时，还勉励大家在 2020 年这个脱贫攻坚决战决胜之年，携起手来，继续奋斗，再接再厉，打好、打赢这场攻城拔寨之战！

初心盛开

2020年国庆节后不久，我有幸参加由南阳组织部、宣传部、扶贫办联合组织的"听党话 感党恩 跟党走"巡回宣讲活动，受益匪浅。面对几千乡亲，5场宣讲，5次落泪，不是我的泪点低，是每一位报告团成员的扶贫故事太澎湃。声情并茂叩击着每个人的心扉，图文并茂震撼着观众的心灵深处。

一天两个专场，紧张有序地进行着，即便宣讲完了，心中仍久久不能平静，回味着这几天来从试讲彩排到各个县（市、区）现身宣讲，挥之不去的是与乡亲们虽短暂接触却留下的那依依不舍的情分。

是啊，在每场的热烈掌声和无声动容中，我也被宣讲者们听党话、感党恩、跟党走的情怀打动。故事中，有的单位连续帮扶同一个村长达16年之久；有的党员对村里有了感情舍不得走，群众也挽留不让走，在一个村驻扎长达六七个春夏秋冬；有的靠党的好政策走向了脱贫致富之路；有的从上初中就享受着政府的教育补贴，直至大学毕业参加工作回报社会；有的是带领支部一班人不畏艰难在脱贫攻坚战场上为群众打通通往小康大道上的最后一公里。这些催人奋进或感人至深的情景，伴随着宣讲课件上那一幅幅视觉冲击力极强的图片，也冲击着受众的心灵泪点，激励着大家信心满满。

从南阳返回我们肖营村的路上，又与顺路乘车的内乡县子育村五六十岁的党支部书记王建伟老兄聊了一路，再一次领略了这位土生土长且德高望重的老支书一心为民的公仆胸怀：在支部书记岗位上，担当为先。

他说，我这么大岁数了，在舞台上，不想讲辛酸落泪的故事。他的处事观点和立场就是当村务与群众产生纠纷或邻里矛盾时，要以理说服人，以德感化人。有次在一个工地上，由于指挥大意，铲车误推了群众家的祖坟，算是捅了马蜂窝，在外地做事的家族人员都义愤填膺地赶回来闹事，气氛剑拔弩张，矛头直指负责施工的副支书，扬言要扒他家的祖坟报复。危急关头，王书记挺身而出："是我安排他负责这项工程的，责任在我，要扒，去扒我家的祖坟吧！"一句担当的话立马将冲天的火气浇灭了一多半，接下来很快就化干戈为玉帛了。

他为了使扶贫项目顺利落地，把自家的房屋腾出来给一位做药材生产的村民用，儿媳妇沉着脸抱怨，人家往家里拿钱，你却往家里拿药，你得的是什么"病"啊？为了做一个村民的思想工作，到该村民家与他彻夜长谈。后来村民被感动，终于松口同意征地。从他家出来，王书记迎着朝霞，眼泪顺脸颊肆意流淌，不知是喜悦还是委屈。他就是用这种忘我、无我的胸襟，仅两三年时间，一改村里"赶集带干粮""污水靠蒸发""垃圾靠风刮"的落后贫穷的面貌，让群众走柏油路、住特色房、饮安全水、上卫生厕、呼清新气、用燃气灶、开小汽车、吃营养餐。小山沟里处处荡漾着幸福歌。

同车返回的还有我们一个县的脱贫典型代表任洋洋，这个小姑娘二十五六岁，风华正茂，她宣讲的是《党恩下孤女老父的重生》。养父抱养她时已60多岁，现在年过八旬的养父在幸福大院里安度晚年。洋洋宣讲结束了，仍按耐不住喜悦激动感恩的心情，她说，要不是党的"四集中"帮扶政策好，刚参加工作不久的她真不知道该如何是好了，甚至有了放弃工作、不恋爱、不结婚的念头，回去照顾老父亲。现在好了，交了男朋友，还喜出望外地让我这个第一书记叔叔帮她掌掌眼呢。

无独有偶。另一个脱贫代表陈双小姑娘与洋洋有着类似的苦难经历，父亲不幸得了骨髓瘤，昂贵的化疗费压得她们一家喘不过气来，10多万元外债，使睡在重症监护室外楼道地上的她和妹妹想一起辍学，来减轻家里的负担。

在最困难的日子里，村支部书记来了，包村的镇党委书记和镇长来了，都伸出了援助之手，让她姊妹俩又重新看到了生活的希望。她说，共产党像母亲一样慈祥，呵护我们，为我们带来了阳光，没有共产党就没有我们的新生活，没有共产党精准扶贫的好政策，就没有我们家的幸福安康。

选派就是命令，驻村就是责任。女驻村第一书记高飞，是一个5岁儿子的妈妈，儿子长这么大没离开过她，她忍痛割爱，深入连手机信号都没有的偏远山区，与家人经常"失联"，儿子见一回哭一回，以为妈妈不要他了呢，死缠着不让走。听到这儿，在场的听众，谁不为之动容呢？

黄翠灵支书为了做通不愿伐树修路的一位大婶的思想工作，在那位大婶家苦口婆心守了几个小时，大婶坐着她站着，大婶说着她听着，大婶做饭她烧火，终于感动了大婶。"闺女，你也是为大家辛苦做事，不容易，树该放放吧。"这让黄书记流下了欣慰的泪水。可是她也流过难过的泪水，女儿高考失利时写给她的信上说："妈妈，名落孙山，我好伤心，我多想向你倾诉，可你连陪我吃顿饭的时候都没有；多想学习时你陪在身边，可是，你常陪贫困户家的孩子学习讲故事，为了全村群众脱贫，你当起了全村孩子的'妈妈'。"

驻村第一书记王涛，连续驻村5年了，妻子说他是个野人，儿子说他是个飞人，年头忙到年尾，等安顿完手头所有的事，已是大年三十儿，在此起彼伏的鞭炮声中，踏着盈尺积雪赶回家，看着一桌热腾腾的年夜饭，听着儿子以为他不回家过年的埋怨，泪水止不住地涌出。他背后的画面出现了他正用蛇皮袋套住裤腿在厚厚的泥雪中与群众抗风雪的身影，这就是一名共产党人为民服务的朴素情怀。

　　还有一位优秀的村主任孙兆锋，父母走得早，靠吃百家饭长大，是党和人民哺育了他，让他完成了大学学业，在大都市里有了一份收入不菲的工作。可是，当他回到家乡时看到那片荒凉贫瘠的土地仍然荒凉贫瘠，乡亲们仍然在里面辛勤刨食吃，他的心像刀剜一样痛苦。他不顾家人的反对，毅然决然地放弃了优越的工作，回到了自己的故乡，用学到的科学文化带领大家战天斗地，硬是拼出一片绿水青山、地肥果硕的新天地……

　　带队的督察专员张朝珍深有感触地说，你们8个人的宣讲都很精彩，我作为台上的主持，都不敢完整听完，我怕听完了，被你们的故事所吸引所感动，下一个不知该让谁出场而开了"天窗"。宣讲团联络员、市委宣传部宣传科科长魏志军也动情地说："讲得好，搞得我场场哭。"

　　8名宣讲成员，八簇盛开的初心，映衬着宛城大地脱贫攻坚战场上波澜壮阔的喜人画卷。其实，在这花团锦簇的景色里，还有着更悠长、更深远、更感人的故事。他们的背后，是千千万万的扶贫人勠力同心着，砥砺前行着，哪里最贫困，哪里最需要扶贫，哪里就凝聚成了最有力的党组织气场，越是最艰苦的地区越方显扶贫人攻坚克难的信心和决心，把习总书记"脚下沾有多少泥土，心中就沉淀多少真情"这一殷殷嘱托化作对贫困群众的期许，用心血和汗水浇灌群众干涸的心田。从

"输血"到"造血",从扶贫到扶心,从扶志到扶智,从家庭养殖种植到专业化合作社,从扶贫车间到村集体经济的壮大,从落实四集中到落实"九问",从新冠肺炎疫情防控到复工复产达产,无不彰显着各级党员干部备战激战攻战的不屈身影。

不光我们第二宣讲团的8名成员,还有一团、三团的另外15名成员,都是从南阳各县(市、区)推荐的150多名宣讲选手中选拔出的,这也仅仅是脱贫攻坚一线战场中众多参与者、受益者中23幅浓缩的风景,不负韶华,在收官之年,芬芳绽放。

不管省派、市派还是县派,不管是来自五湖还是四海,你们,他们,我们,都有一个响亮的名字——"第一书记";都有一个共同的目标——"同心同德奔小康"。历程有远有近,故事有长有短,但都饱含着酸甜苦辣。回首这些年的征战,彩虹和风雨同在,沾巾堕睫和披肝沥胆同在,用党播撒的阳光雨露擘画了脱贫攻坚最亮丽的时代风景。这23位代表的先进事迹如一股股清泉,甜到了群众的心里,同时也映出了新时代追梦人心中始终闪耀着的辉煌。之所以辉煌,是因为那一颗颗盛开的初心在金秋十月里汇聚着党的力量、党的光辉。

对对联

　　有一天，我和村支书、办事处包村干部一道驱车赶往隔壁二龙乡为一户有疑点建档卡的贫困户进行户籍取证。

　　一路上我们相继扯着闲篇，走到山区处，他俩饶有兴趣地给我介绍镇平的绿水青山，说镇平的地貌是山区、丘陵、平原各占三分，其中有三座山竟演绎出一幅至今无人对上的绝联。

　　村支书饶有兴趣地给我介绍说："侯书记，你瞅，咱镇平有五朵山、杏花山、遮山，乍一听就是几个普通的山名，却有位当地文人雅士，把这三座山的名字连起来，组成了一副对联中的上联：'五朵杏花遮山。'"

　　这一连起来，当即就充满了文化气息，五朵杏花能把山遮起来，意境深远，令人忍不住生出前往一探究竟的好奇心。

　　他俩说，过去了这么多年，还没人能对出下联。

　　我顺口扯了一句："我对个'第一书记扶贫'，咋样？"

　　"有点意思，侯书记您是三句话不离本行啊！"

　　说完，我们都哈哈大笑起来。

　　人生天地间，忽如远行客。面对这迷人的山中景色，大家逸兴遄飞，虽才情有限，却也尽抒胸怀，丰富着扶贫的日子。

洗澡

2019 年 7 月的三伏天里，终日奔走在 13 个自然村，少不了总是汗流浃背，所以衣服总是湿漉漉，身上还黏糊糊的。而且我这个人还生来就怕热，无奈村里又暂时不具备洗澡条件，每天晚上回到屋里又湿又黏，难受得团团转。

有一天，我突然想起村部最东头的伙房有一口大铝锅，自己烧水洗澡岂不一样美哉？说干就干，我一溜烟跑到伙房，加水、烧火，不久一大锅热气腾腾的洗澡水便出锅了。

端着洗澡水回到卫生间，卫生间就是浴室了，用脸盆兑点凉水，慢慢兑成温水，就开始了别样的"沐浴"了。毛巾派上了用场，既当沐浴器，又当搓澡巾，淋着，搓着。渐渐地，我突然想起"沧浪之水清兮，可以濯我缨，沧浪之水浊兮，可以濯我足"。这么想着，我调兑的洗澡水竟然有了沧浪之水的感觉，感觉自是不一般。

洗完后，我打开之前用手机录制的配乐诗朗诵——王海桑的《我是你流浪过的一个地方》：

> 累的时候，有个地方能睡，饿的时候，有点东西能吃，这多好。我怎敢要求太多……当我因劳作而一身冒汗，能有一盆水喝，一条河流洗澡……

不知不觉，汗水、泪水，开始在我的脸上肆意"流浪"。想到自己在肩的重任与领导的重托，我甩甩头上的水珠，也跟着朗诵起来。

扶贫的日子，苦也是甜！

包饺子

一天，村支书和我说："侯书记，这周'五天四夜'工作制你又坚持得可好，下午你就该回郑州了，咱中午改善改善伙食吧？"

"好啊！怎么改善？"我急忙问。

村支书微笑着说："咱包饺子吃吧？"

在村支书憨厚的微笑里荡漾着一种逢年过节才有的喜悦。我望着他略带酱红色的脸庞，连忙答应着"中，中"。

"今天就剩下咱俩了，你得多等会儿，我自个儿擀皮自个儿包有点慢。"

"我帮厨，慢不了。"

村支书一脸疑惑地看着我，好像在说，你行吗？

"赶快盘馅吧，盘好了叫我，我把上报的数据再整理整理，下午带回去。"

伙房里，村支书擀饺子皮，我包饺子。然而，村支书擀的饺子皮明显"供应紧张",他好奇地问我:"侯书记,你这大城市来的,咋会包饺子?还包这么快!"

"我在部队 20 多年,啥都学,啥都干,包饺子啊,小菜一碟!"

村支书听了,哈哈地笑了。

下厨

我们村支书刘国保做得一手好菜，所以日常村伙经常都是他下厨，这天一大早他打来电话说要去乡里开会，没空给我们做饭了。于是我挽起衣袖，自告奋勇为大家下厨做早餐。为了加快进度，队员邹阳森边在厨房打下手边和我聊天，还顺手拿起手机为我拍了一张下厨"工作照"，并打趣说："第一书记下厨房，这也是工作痕迹啊。"

"哈哈，我愿意为大家做饭，可是具体做得好不好吃就是另一回事了。"我不好意思地说，"你看，好了，不过我发现这个鸡蛋面汤水量没掌握好，太稀了……"

我有点气馁，好不容易给大家做顿饭，还失败了。

阳森听后却不以为然，马上解围道："没事啊，稀了当茶喝。"

我听着心里虽然释然了很多，但同时又有点内疚。

记得刚到肖营村时，我要入户了解情况，阳森兄弟总是和我形影不离，跟着我在村里并肩"作战"。酷暑时节，他每天冒着将近 40 摄氏度的高温陪着我跑前跑后，给我介绍哪家哪家因为什么致贫、谁家谁家啥时候脱的贫……

可是因为厨艺有限，我连用一顿可口的饭菜来"犒劳"这位亲密的战友都做不到，饭做得不是稀了就是稠了，不是咸了就是淡了，于心很过意不去。

看来呀，今后我得多与村支书抢着做饭，练练厨艺，让一起工作的队员吃得舒心，报答他们的无私帮助之情。

餐叙

夜幕降临，天空中还飘舞着零星雪花。我和村支书忙完手头上的活儿，商量着快过年了，不如去老乡家里餐叙，一块做顿饭，一起用餐话家常。

村支书说："侯书记，你这个主意好，既能体察民情，又增进了干群感情。"

于是，我俩带着准备好的食材，从村部出来，踏着泥雪，用手机上的手电筒照着胡同里的路，深一脚浅一脚地去往贫困户老大哥刘天立家。到了他家，我们二话不说，径直走进厨房，开始生火做饭。

天立兄一下子慌了神，有点不知所措。手里拿着几个鸡蛋，放下也不是，拿着也不是，脸上的笑容显得过分拘谨，激动得不知道说什么好了："咋能让恁给俺做饭呢！还带这么多菜，你看，这、这……"

"老兄，别站着了，快拿个碗来，我来打鸡蛋。"我一边说着一边接过鸡蛋。拿到碗，我熟练地磕起了鸡蛋。还真别说，磕鸡蛋这个功夫，是我在村部厨房里练的，一只手就能完成连贯动作。

村支书则在案板上娴熟地切着菜，这对他来说，更不在话下了。在村里，他差不多每天都要做一两顿饭，来到天立老大哥家，就像是进了自己家的厨房，切、炒、烹、煮，样样精通。

就这样，我们三个大老爷们儿挤在窄窄的厨房里忙活个不停。

临近收尾了，村支书说："差不多了，侯书记，你与天立到堂屋拍拍话（说说话）去吧，一会儿就可以吃饭了。"

我拉着天立兄的手，发现他的手冰凉冰凉的，而且有个地方明显肿大，原来是右手大拇指整个关节僵硬肿胀，活动不了。我急忙问他怎么回事。他"嗤"了一声，摇摇头，无奈而失落地说："几年前做工受的伤，当时没有及时治疗，落下了这个病根。唉，没办法……"说完，直叹气。

天立兄年纪并不太大，但是头发已半白，一脸沧桑，似乎道不尽家庭变故带给他的沉重打击：儿媳妇得了罕见杂症，到省会救治，花光了家里所有的积蓄，也不见好转；返回村里的路上又不幸遭遇车祸身亡，撇下一双年幼的儿女。世事难料，祸不单行，是天立兄近几年的切身感受。

我鼓励他："困难只是暂时的，各级政府和帮扶干部都会尽心竭力为你家解决难题。一定要坚定信心，自强自立，才能看到致富的希望。另外，你在村里的公益性岗位上好好干，这样也能照顾好家庭，等儿孙长大了、出息了，你就该享福了。"

听了我的一番劝慰，天立兄长舒一口气，脸上的愁云消散了许多，眼神多了几分活力。他的手温暖起来了，眼里闪烁着激动的泪花，他说："太感谢侯书记你们这些年来对俺家里帮扶，我会好好干的，一定要对得起党的关怀。"

说着说着，村支书把饭端上来了：一盘香喷喷的炒鸡蛋，一锅热腾腾的素面条，惹得大家的肚子都开始咕咕叫了。小孩子们也热闹地围坐在餐桌旁边，害羞地吃着。我和村支书与天立兄有说有笑，也吃得有滋有味，其乐融融。

雨中情

今天，大雨，夹着狂风，手中的雨伞一不小心就被吹得骨架反转。好在是夏天，衣服打湿了暖一会儿也就干了。

省药监局处长王锋打来电话，说快到村里了。看着窗外的瓢泼大雨，我不由得湿了眼眶。王处长驱车冒雨 300 多公里，专程来看望他们处党支部对口帮扶的贫困户刘书何。我连忙说要去接他。他却说，来过多次了，路很熟，不用接的。

过了一会儿，我收到书何的电话。他说王处长到了，还说他家里房子有点漏雨。听后，我就有点不放心，赶紧也过去看看。一路上雨势渐大，一颗颗大大的雨珠砸到雨伞上，砸向地面的水洼里，变成一个个大大的泡泡，仿佛绽开无数个可爱的花朵。路面泥泞不堪，我一边艰难地走，一边心想王处长是如何走过去的。

到了书何家，只见他家天花板上吊着一个小叶片的风扇，正慢悠悠地转着，可是怎么也驱赶不了屋内的闷热和潮湿。我们都来看他，他激动得不行，又是拉板凳让座，又是沏茶泡水。

王处长忙不迭说："水别倒了，书何。我看你这房子是有点渗水，估计是楼顶聚积树叶杂草了，那样很容易蓄水，时间一长就渗到屋里了。等天晴了，上去清一清就可以了。如果还不行，就铺上一层防水层，看看需要多少钱，处里尽力想办法给你解决。"

我听后，连忙说道："不用处长操心，咱局里有'七改一增'经费，可以给他申请到修补房顶的款项。"

"好，好，能修好了就行。让你们费心了！"

又唠了一会儿家常，王处长说该回去了，要不然天晚了路上不安全，再说还下着雨。

我和国保支书强烈挽留："到饭点了，王处长，您吃了便饭再走吧。"

王处长却执意不肯，说不能给我们添麻烦，说走就走。很快，他们就启动了车子，撇下一片雨花，红色的尾灯隐约闪烁着，一会儿就没了踪影。

王处长一行三人不顾恶劣的天气，仍冒雨赶来调研慰问送温暖，急乡亲之所需，让我们既激动又惭愧。他们为我们上了生动的一课，扶贫工作不只是在平时，更要体现在危急时刻，体现在百姓需要的时刻。

回"家"过年

2019 年腊月廿七，年味升腾。原驻村工作队队员董凯随着省药监局食品药品评价中心春节慰问团，回到了他阔别 15 年的"家"——肖营村，跟随陈世伟主任一行 6 人，走村入户，嘘寒问暖，与父老乡亲们过了一个别开生面的新春佳节。

时光回到 2004 年，董凯带着一腔热血和省局全体职工的殷殷嘱托，来到了俺村，一驻就是两三年。

当他看到村里这些年发生了沧桑巨变时，紧紧地握着我这第 11 任第一书记的手，感慨万千，激动万分。

感人的扶贫故事从他看到我宿舍里放的一双高腰胶鞋和一把手电筒开始，娓娓道来。

他说，看到这两样东西，仿佛一下子让他回到了十几年前，与现在的机关执法监管处处长赵翼在村里并肩扶贫攻坚的一幕幕难忘的往事，历历在目。

我说，这两样东西也没什么用了，那把手电筒已锈迹斑斑，正准备处理掉呢。

董凯说，千万别扔啊侯老弟，这可是咱们省局扶贫人一茬一茬在农村一线艰苦奋斗的见证啊。

一尺多高的雨鞋，那时候真的派上了用场。村里没一条像样的路，全是土路，哪像现在啊，到处都是水泥路。我们那时就怕雨雪天气，大街小巷，泥泞难行，水坑、泥坑遍地都是，稍不注意就会掉进去，泥汤就会没过小腿上边，所以，雨鞋腰这么高有它高的道理。

村里没有路灯，到了晚上，漆黑一片，没有手电筒根本走不成路，坑坑洼洼的，手电照着还坎坷难行呢。狗倒是不少，汪汪叫，胆子小了还不敢出门呢。

当看到我屋刚装的可以出热水的小面盆时，董凯也很激动，他说，变了变了，真是变了！没想到条件变这么好，村"两委"对咱驻村工作队不薄，不但装上了自来水，大冷天的还能在屋里用热水洗脸刷牙，多幸福啊！

我问他，科长，恁那时候咋洗漱的?

嘻，别提了，俺那时用自来水，想都不敢想。虽然条件艰苦，但村里人对俺可好着呢，老村部就五间房，办公还紧张呢，工作队没地方住，妇女主任把准备给她孩儿结婚用的新房慷慨腾给了我们用，我，陶副局长，还有赵处长，又难为情又感动。

我们打通铺住，加司机，加一名医生，一共住了 5 个人。

夏天难熬，陶副局长怕热，不停地摇着手中的扇子，在一块聊天倒是聊得热闹，到了后半夜，稍凉快些，大家才相继入睡。

洗澡是个大难题，后来好不容易装了个太阳能热水器，也没个正式的浴室，虽说都是男同志，也得遮遮羞吧，就找来一大块塑料布，简单一围就洗开了。由于水量有限，我们排着队洗，但是都很自觉，节约着用，淋浴了一会儿就出来了，说说笑笑，怪好玩哩。

说着说着，天色已晚。

走访慰问一天了，同志们都累了，我特意安排陈主任他们在村部就餐，尝尝基层的伙食。村主任吕文明热情好客，亲自下厨，做了几道他拿手的家常菜，大家边吃边聊，有滋有味地听着董凯讲述驻村扶贫的曲折经历。

陈主任说，组织上安排我们评价中心从 2020 年开始对口帮扶咱村，我第一次来咱肖营，就感受到了冬天里的春天，以后咱们都是一家人了，非常高兴。

俺来电台讲故事

听四季流转，听大地肥沃，听创富之音，听乡村振兴，这里是河南农村广播《创富路上》……

2019 年 12 月 3 日，主持人甜美的声音正在简要播报着我和俺肖营村的故事：

河南省药监局派驻镇平县肖营村第一书记侯群华，驻村以来按照"六个精准""五个一批"和"五条途径"的要求，坚持因户施策、一户多策，科学制订帮扶计划和帮扶措施，在促进贫困群众增收致富、提升脱贫质量上，先后实施了到户增收养殖业补贴 10 户 4.1 万元、光伏发电扶贫 68 户 20.4 万元。

《创富路上》正在为您讲述第一书记侯群华的驻村故事：

主持人：从城市到农村，从机关到基层，这个环境的转变对于你刚开始开展工作期间会不会有影响？如何克服？请简要谈一下你刚到村的感受。

侯：我也是从农村出来的，又回到了农村，像回家了一样，一点陌生感都没有。到村第一天，我就在日记上写了一首诗，表达了我的深情和激动，这首诗叫《火红的五月》，写得不好，在这里给大家分享一下吧：

> 一脚踏进肖营村的五月
>
> 仿佛一下子拥入了
>
> 四千多乡亲的臂弯
>
> 那起伏的乡间小路
>
> 不就是你期待的怀抱吗
>
> 那哗哗作响的树叶
>
> 不就是你欢快的掌声吗
>
> 站在这掌声里颤抖的手
>
> 紧握着前任第一书记交给我的
>
> 接力棒
>
> 心中满是恐慌
>
> 因为它千斤重
>
> 承载着几千乡亲的渴望
>
> 因为它重千斤
>
> 我把我的初心融入它
>
> 与火红的五月一同燃烧
>
> 那是一片
>
> 照亮脱贫攻坚战场的火焰

那是一片

照亮奔往小康路上的火焰哪

主持人：侯书记朗诵得太好了，而且非常专业！那么，你这样对农村有着浓厚情怀的人驻村，也一定品尝到了不少的酸甜苦辣吧，有没有最为难忘的驻村故事？

侯：是的，驻村扶贫不是一句口号，而是要付出艰辛和努力的，也要面对和克服这样那样的困难。难忘的是今年7月发生的一件事，当时村里正在迎接国家对镇平县脱贫攻坚抽查检收工作。温度超过了40摄氏度，骄阳似火，不亚于刚才我诗中描写的火焰，坐空调屋里还想出汗呢，别说到外面干活了。为了核实数据，掌握贫困群众的生活动态，我带着村干部到13个自然村10平方千米的土地上一户一户地入户走访，真的是汗不停地流，衣服一直就没干过。加上我胖，又特别怕热，只能用手不停地擦汗，那个热啊。

就这样，头顶烈日，我们一直持续快两个星期。有一回，我感到有点头晕恶心，村党支部书记刘国保关心地说，侯书记你怕是中暑了，在屋休息吧，别再入户了。我说，不行，关键时候我不能掉链子！简单洗把脸、擦擦汗，我们又冲到了太阳底下。

其实这些还都不算什么，最最难忘的是有一天好不容易等到了晚上，想好好歇歇脚喘口气儿，谁知道这个时候突然停电了，左等右等不来电，一会儿工夫屋里就跟外面一样闷热难耐。可恶的蚊子开始肆虐，无奈之下，我只能一边拍打蚊子，一边抓痒痒。不怕大家笑话，那时由于热水器坏了，我已经十来天没洗澡了（就是不坏，没电也洗不成澡），身上一搓一把灰，那个画面真的太难堪。

实在没办法，也睡不着，我就跑到厨房里烧锅热水，再兑点凉水，在卫生间里我点上蜡烛，洗了我人生最难忘的一次热水澡。

"下岗"风波

一天中午吃饭的时候，包村干部张小红与刘支书两人因贫困户李万菊"下岗"的事，争论得面红耳赤。

刚开始我听得一头雾水，后来就明白了事情的原委。原来是刘支书在"志智双扶"会上公开把公益性岗位上的清洁工李万菊狠狠地批评了一顿，说："你不好好干活，一个人对你有意见，情有可原，两个人对你有意见，勉强说得过去，大家都对你有意见，说明你真的有问题。不好好从自身找原因还振振有词。"后来又抛下一句"对不起每月发给你的那700多块钱，我看你从明天起别来上班了"，让李万菊尴尬不已。

张小红也很激动，只是平心静气地说："你骂她一顿是痛快了，但你有没有考虑过不让她上班的后果？她的家庭情况特殊，女儿得了绝症，看病欠下巨债，后来人也没保住，撇下俩上学的孩子。原本的上门女婿又续弦，是非多；她丈夫吧，又常年有病，常年吃药，几乎丧失了劳动能力。全家人就靠这几百块钱生活了呀!"

只见刘支书低着头，不说话，像个做错事的孩子。

我想了想，也趁机给刘支书做工作，说："前一段在全县脱贫攻坚推进会上，县委李书记专门强调了这个事，公益性岗位，不到年龄限制，谁也无权让他们下岗，谁让他下岗，我追谁的责。二哥，这可不是闹着玩的。"

小红接上话茬说："你听了她领班的话就不分青红皂白地批评人家，想过对方的感受吗?"

听了我俩的一番"劝告"，他认识到了自己言行的不妥，小声嘟哝着："这件事我做得不对，以后一定改正。"

我赶快解围，幽默地拍拍他，说："有错就改，还是好同志嘛!"

第二天，我就找来了李万菊的保洁领班队长老崔。我说："老崔，你领着一帮'娘子军'，天天风里来雨里去的，的确也不容易，但是在平时的管理上，你说话可要得当，要学会化解矛盾，而不是激化矛盾。就比如说李万菊，虽说大家都对她有意见，但是你要结合实际情况，私下里耐心细致地做她的工作。人都是讲感情的，她家有实际困难，有难言之隐，照顾家多了，工作上难免精力体力有点跟不上，咱们既要体谅她，又要让她尽量克服困难，不能把矛盾上交了之。"

老崔也显得有点委屈："侯书记，我也有难处啊，大家都是拿一样的工资，干好干坏一个样，不少拿一分钱，不好管啊!"

我说:"这就是不好管的关键所在,必须得有一个奖惩制度,奖勤罚懒,赏罚分明,大家干活才有动力嘛!"

第三天,我在村部遇到了老崔,就顺便问问他李万菊老大姐的情况。他说:"嗯,经过沟通,她现在好多了,像变了一个人似的,也没那么多牢骚了,干活也踏实了不少。谢谢侯书记。"

"谢什么,有问题大家一起解决,不就好了?"

说完,老崔转身接着去工作了。一只不知名的鸟儿叽叽喳喳路过,又帮助乡亲化解了一个矛盾,扶贫工作取得了进步,我的心里有着说不出的欣慰与愉悦。

第二辑　可爱的乡亲

返贫者说

一日，我在村文化广场散步，一位五六十岁在村里公益性岗位做清洁工的大姐，骑着清洁车喊住了我："侯书记，你有空没有？我想给你说个事儿。"

"哦，有事您尽管说吧。"我应声驻足。

"俺想返贫，中不中？"她上来一句不合常理的问话，弄得我半天没缓过神来。这样的要求太反常了。2019 年我帮扶的村，贫困发生率由 0.96% 拟降至 0.39%，脱贫攻坚形势一片大好，她怎么会突然提出要返贫呢？

"说说看，什么原因啊？"虽然满腹疑问，但我并没有反驳她，想看看她是否有什么苦衷。

"我的女儿得了绝症，花几十万还是没留住她的命。如今撇下两个孩子，欠了好多债，女婿又是入赘过来的……"说着竟哽咽起来。

我劝她："您家的遭遇，的确很不幸。不过，欠的债可以慢慢还。我去过你家，我看您那个女婿很本分孝顺。而且你又在公益岗位上工作，有工资，还能照顾老伴，挺不错啊。"

"可是，如果脱贫了，是不是以后就不让我干这个保洁工作了？"她担心地问。

"哪能呢！咱脱了贫也不是说党和政府就不管咱了，摘帽'四不摘'说得很明白——不摘责任、不摘政策、不摘帮扶、不摘监管。放心吧，小康路上，一个都不能少！"

听了我这番话，她脸上露出了开心的笑容。

木匠老崔

刚到村里扶贫时，我想把办公室兼宿舍里的一个老式木制小方桌改成床头桌，于是便请老崔过来帮忙把桌腿截短些。老崔是村里政策扶贫所推选的环保公益性岗位上的贫困群众，木工做得很不错。

他不知从哪儿弄了个小油锯，三下五除二就把桌腿锯掉了一段，放床头一比，没想到比我要求的尺寸高出了一截。

他充满歉意地冲我嘿嘿一笑："比画错了，侯书记！不过没事，铁匠不怕短，木匠不怕长，重整一下就美了！你来俺村扶贫，恐怕以后你的很多活儿也会像这一样，反复下劲才中。"

闲谈中，他的爽快耿直和充满农趣的调侃，缩小了我们的距离，也增长了我的见识，更让我对本村村民的了解深了一层。

锯完桌腿，我客气地对他说："谢谢你，老崔！"

他先是不以为意，而后又真诚地说："谢啥谢，你六七百里地从郑州大老远跑到俺这偏僻农村来，吃苦受累的，图啥?!就图让我们过上好日子。要说，我们村还得感谢你才是哩！我能给你帮点小忙，高兴都来不及，以后有这样的杂事，别忘了还叫我来。"

通过这件小事，我深切地感受到乡亲们从心底里拥护党的脱贫政策，又从心底里感激那些帮助他们脱贫的人！

老党员的眼泪

2019 年腊月廿三，小年。前几天下雪，雪停了，天渐晴，路上有些泥泞。

我与村干部带着慰问金到老党员许振全家走访慰问，传达省药监局领导和机关全体人员对村里老党员、困难党员的关心。

许振全今年 88 岁了，1957 年入党，有着 62 年党龄的他，一生对党忠诚。他曾在村部当过保管员，在生产队时当过副队长，大公无私，勤恳能干，口碑好得很。

到了他家，我们看到卧病在床的许老面容清瘦憔悴，身上盖着单薄的被子，一台电暖风扇立在床头，但肯定是怕费电，没舍得开。副支书许洪庆赶快打开暖风扇，顿时房间里有了温度。床边地上湿漉漉的，秽物还没来得及清理，村支书刘国保赶紧找了把铁锹到院里铲了一锹干土垫上。

由于年事已高，眼睛也不大好使了，许老过了好一会儿才辨认出村支书刘国保。他激动地拉着刘支书的手，喊着家人赶紧让烟倒茶，哽咽地说："谢谢您还来看我，我对不起党啊，给党添麻烦了呀！"说着说着，老泪纵横。

"我不能要这个钱，现在老了，不能为党出力了，再给组织添麻烦，内心有愧！"

刘支书连忙说："您是有功之臣，为村里做出了贡献，辛苦了一辈子。这是咱们的第一书记侯书记，他代表省药监局来看望您，您就收下吧。您身体不好，年纪也大了，有困难，组织上怎么能不管呢？您老要多多保重身体！"

许老听了，情绪更激动了，哭得一把鼻子一把泪，像个孩子。

老党员的烦恼

一天上午，我正在办公室忙着整理准备去省扶贫办报销的发票，突然听到有人敲门。抬头一看，原来是上个月召开庆"八一"老兵座谈会上的 1970 年入伍的老兵、老党员肖成学。

"请进请进。"我连忙说道。

只见他一脸不高兴地走了进来。

"这是咋了，肖叔？"我急忙问道。

水还没倒上，他就开始诉苦："这事儿不管（能）干，说多了还要打我！我都想报警了！"这话不由得让人一头雾水。

我又赶紧让座让烟、沏茶倒水安抚他。等他情绪稍稍稳定，说了事情经过，我才慢慢明白，原来村支书让他加入了刚成立的民事调解小组，随后就给他个难啃的"硬骨头"，让他帮助调解一起因 330 省道加宽后，分配征地补偿款不均而引起的经济纠纷。

了解了事情的原委，我想了一下，慢慢地说："肖叔，您是德高望重的老党员，在群众当中是一面旗帜，由您担此重任，我们再放心不过了。而且，您都这么大年纪了还想着为村里分忧解难，真不愧是一名老兵！当然，调解问题有冲突是难免的，但只要坚持一心为人民服务，就不用怕有人无理取闹，胡搅蛮缠的歪理永远战胜不了公理正义。"

听了我的一番话，肖叔会心地笑了，点点头说："确实是这个理!"

临走时，他笑着告诉我："侯书记，这几天我家里的那棵桂花树开了，满院都是桂花香味，有空来我家喝茶赏花啊。"

"好嘞，谢谢肖叔。"我满口答应。

闭上眼睛，深深吸了一口气，我仿佛已经闻到了甜滋滋的桂花香。

俺村的老牌农业专家

俺村老汉李万军，将近 70 岁了。当兵时，在部队火线入党，至今已有着近半个世纪的党龄。在县里，他可是一位远近闻名的老牌农业专家哩。

认识李叔，缘于他 2008 年创办的"万军农业技术服务专业合作社"。当年，他充分发挥几十年来对芝麻、大豆、旱水稻的研究优势，自发带领五六十户人家，通过联合的方式发家致富。目前规模达到了小麦 2600 亩、红薯 1500 亩、玉米 400亩，2018 年合作社净利润 50 万元，每户增收 2000 多元。

刚好省局计划采购一批农产品，让每个对口帮扶村报产品数据，我立马想起了李叔。此时，正好赶上省委党校中青班学员驻村体验式调研教学，我便领着他们走进了这位农业专家创办的"合作社"里。

一进门，我们就被墙上挂满的牌匾和铁皮柜里存放的一摞摞荣誉证书吸引住了。他不紧不慢地把自己大半辈子获得的荣誉一个个展示给我们看，从南阳市到县里、乡里，大大小小的荣誉四五十个。最早的一个是在 1991 年，那时他被乡镇授予"农民专业技术拔尖人才"。

李叔的一条腿不太灵便。我们问其何故。他说，30 年前，他刚从南阳农科所学成返乡，县里推荐他给山区里的邻乡群众搞中药材种植培训，其间不慎从梯田边沿摔下深沟。当时以为没事，就没去医院治疗，后来发现左脚骨折，落下了终身残疾。

我问他："这可是工伤，落下这终身病根儿，你有没有埋怨过政府？"

"俺不埋怨。咱又没给国家做多大贡献，咋好意思张口提条件啊！"李叔淡定地回答着，"我是 1970 年入伍的老兵，参加过抗美援越战争，当时火线入了党，在部队受教育锻炼六七年，讲党性论觉悟，咱也得体量政府的难处啊！"

听到这番肺腑之言，在场的所有人都红了眼圈。多么可敬的老党员啊！

妻儿陪加班

华灯初上，肖营党群服务中心一楼的办事大厅里仍灯火通明。

我住二楼，从走廊里看到一楼有亮光，以为是有村干部下班走得晚，忘了关灯，连忙下楼去关。

走到一楼楼梯口，只见一位 30 多岁的女士在那儿站着，扎着一束干净的马尾，素颜，在一件不太新的深黄色呢子外套的衬托下，显得素雅而端庄。

她看上去似曾相识，我却一时想不起；但她又不像来村部办事的，我就问道："你……找谁？"

她迟疑了一下，欲言又止。我突然想起来了："哦！你是亚军的家属吧？"（我所在的村是城郊村，刚来驻村时，他两口请我到县城边吃过地摊儿。）

她微笑着点点头："是哩。"

"咋了？有事？"我有点不解。

"他在加班，我带孩子来看看。"

我走进大厅，只见村副主任赵亚军正在认真整理今年已脱贫公示过的 21 户建档立卡资料。旁边七八岁的儿子虎头虎脑的，也在执着地刷着手机。

我朝亚军说道："不是都算好账了吗？咋还在弄啊？"

"上边要求非常严，表、机、卡必须吻合，否则算错退，我怕有什么闪失，再过一遍心里踏实。"亚军解释道，头都没抬。

我说："辛苦你了！但是别太晚了，家人都等着你呢。"

说完，我便回屋写材料了。快到凌晨之际，我到走廊里站站，楼下灯火依旧，依稀还能听到窸窸窣窣的动静……

清洁工老崔（一）

村里公益性岗位上有位清洁工老崔，60 多岁了，一年四季总喜欢戴一顶迷彩帽，说话大嗓门，快言快语，带领一帮"娘子军"风风火火，把村里的卫生打扫得干干净净。

"娘子军"每天早上 7 点 30 分左右在村部门口凉亭周围集合，老崔第一个到。开会时，老崔三言两语把当天的活儿铺摆（布置）完，最后总来一句："谁完不成任务可是不沾闲（意为不行）哪。"末了，要是哪个队员嫌活儿多嘟囔两句，他会瞪着眼呵斥："嫌多？明天给你分的比这还多，看你还嘟囔不嘟囔了！"说完自己哈哈笑了。

还别说，他这种"直白式"的管理法很奏效，队伍颇有"招之即来，来之能干"的作风。

有一次，村支书打电话安排他带人把卫生所院里两侧的杂草割割，我在一旁听着，心里犯嘀咕，指不定啥时候能落实哩。不料，没多大会儿，老崔就带着他的队伍进场了。割的割、拔的拔、收的收，小院很快就收拾停当了。这回倒是没听到训斥，反而是爽朗的大笑声与调侃声。

麦忙和秋种季节，他们就成了村里禁止焚烧秸秆的巡防主力。"娘子军"开着统一配备的电动三轮车，老崔冲在前头，有时还在车上插面小红旗，神气地飘荡而过，出没于田间地头。远远望去，只见他挥舞着手臂领头干活，不时传来他的吆喝声。正是他们的辛勤巡逻，田野里才没出现一处着火点；倒是发现一户准备点火，却被老崔及时制止了。

他风趣地和大伙说："咱这也算是为庆祝新中国成立70周年献礼啊！"

我也打趣道："老崔，你和你的队员每月都是一样拿700多块的工资，却比她们干活多、操心多，心里平衡不平衡？"

"我可平衡着呢！"说到这儿，老崔两眼直放光，"要不是党的扶贫政策好，我两个闺女上学都很难。你看，今年我学医的大女儿大学毕业了，国保支书帮忙介绍工作，让闺女进了一家医院；我腰有伤，不能干重活儿，村里照顾我，把我安排在村里公益性岗位上，有了生活保障。咱得知足知恩报恩啊！"

老崔相信，幸福的生活就在眼前，知足才会常乐！

清洁工老崔（二）

村里创建淘宝村实验基地添置了十几台电脑，设备组装完后剩下一大堆包装纸箱、碎纸屑。正好村里公益性岗位上的环卫队长老崔在村部还没有走，我喊住了他，让他帮忙把垃圾弄走，顺便打扫打扫卫生。

老崔很热心，赶紧招呼两三个队员过来帮忙，一边干活，一边鼓励大家："收拾得劲啊，一会儿拿这些纸箱给你们换糖吃。"说笑中，他们三下两下就清理完毕。顿时，整个屋子窗明几净，有了办公的氛围。

老崔临走时问我："侯书记，还有啥活儿没有？"

"没了。谢谢你们啊！"我说。

"又不费劲，谢啥呀谢！"他笑着回答。

看到我在喝水，他顺口问了句："你茶杯里泡的是黄花苗（又叫蒲公英）吧，侯书记？"

"你眼挺尖啊，我在地头拔的，听说泡茶喝能降血脂哩。"

"改天我给你弄点血参吧，比黄花苗效果还好。"

"不用不用，不麻烦你了啊。"

然而，听者无意，说者有心。没承想，过了几天，老崔用塑料袋兜了一兜他所说的"血参"给我送过来。

老崔真诚地对我说："你放心喝吧侯书记，这是我跑到东山上寻了半晌才挖到的，药效好得很。"

感激之余，我对老崔送来的"宝贝"还是有点半信半疑，不敢贸然去喝，悄悄带了点回郑州，找了位老中医咨询一番。老中医告诉我："不假，这是上好的血参，血参也叫丹参，这种药材野生的非常少，与山楂一同泡水喝，降血脂效果确实不错。"

听了老中医的话，一股暖流涌上心头。我自问：咱何德何能啊？来扶贫也没有给他家办过什么具体事，他咋就这么在意我的身体，不畏辛劳为我深山采药呢？

我被憨厚的老崔深深地打动了。

在脱贫攻坚的道路上，我定将把这份感动化作一种不绝动力，回馈老崔，回馈4000多可敬可爱的乡亲们。

俺村的清洁工

我们肖营村，位于县城北郊，属城乡接合部村，紧邻县城火车站，穿过一座火车涵洞桥，肖营的全貌便映入眼帘。

肖营的天是蓝的，水是清的，地上是净的，一排排整齐干净的住宅小楼在密密的树荫下若隐若现，一条笔直的柏油马路，一眼望不到头，两边的桂花长廊，散发出沁人的芳香。凡来我们肖营的人都说："肖营真美呀！真干净，环境真醉人呀！"

是啊，肖营的确美，这美也凝聚着中环洁公司和公益性岗位人员的心血和汗水。他们自从成立组建以来，抢抓机遇，狠抓落实，把肖营的 13 个自然庄的新旧垃圾进行了彻底的大清理，甚至连犄角旮旯都不放过。

一支保洁队就是一张名片，一名保洁员就是一个窗口。环卫清洁工，每天早上 7 点 30 分准时到村里签到，统一着装，在环卫班长的带领下，扛上清洁工具，走出村部大门分赴各自的岗位开始一天的工作。每天他们穿上清洁工作服走出大门，成了村里一道亮丽的风景线。

他们分工有序，各司其职。村部院内留两个全职员工。有个叫杨秀君的女清洁工值得一说。她今年50多岁，个子不高，但很精干。家里两口人（唯一一个女儿早年出嫁了），2016年被纳入贫困户，2017年脱贫。之前，她身体不太好，始终找不来工作，后来在帮扶人和村里的引导下她来干清洁工，每月工资700多元，她很高兴，很热衷于这项工作。她逢人便说："这下我有活干了，有稳定收入了，我的日子就有活头了。"

她是重庆人，乡音无改的她不无感激地说："要不是政府，我啥子办法哟，我得感谢政府。"的确，是政府让她过上了好日子。

每天早上她先把自己家里的卫生打扫干净，然后6点30分准时赶到村里，很熟练很有节奏地开始了她一天的工作，周而复始。她默默无闻、任劳任怨，不怕脏不怕累，先室内后室外，先院内后厕所，有条不紊。国保支书也是多年形成一个习惯，每天早上5点左右起床，6点30分左右赶到村里，他和杨秀君前后赶到，有时他没事的时候也帮她干，他们边干边唠嗑。

国保支书问："秀君，你每天早上起恁早，你热（意为喜欢）干这个活？又脏又累的，钱又不多。"

"我热干我热干！钱多钱少我不在乎，只要有活干我心里就高兴。"快活的她笑得合不拢嘴，仍用抑扬顿挫的重庆话对国保支书说，"不是你们，我啥办法哟！反正早上醒得早也睡不着，趁你们还没来上班，我把活干出来，等会儿一上班，活就难干喽！支书，你放心，别看我个子小，我有的是劲。"

"哗啦，哗啦，哗啦……"这回响在肖营上空的铿锵扫地声多像一首进行曲啊，伴着东方的曙光，为每一个清晨带来希望和欢乐。

分忧

村里有个小伙子叫郑双健，在外面打拼多年，终于有了自己的事业——足球加工。他看着家乡的面貌一天一个样，就想为家乡做些力所能及的事情。

2019 年 8 月，他把生产线搬到了村里为他搭建的 3000 平方米钢构扶贫车间。

小郑有两个助手，一直在车间打理着业务。他多数时间在浙江总部做销售，他的产品都远销到欧洲和东南亚了。

车间务工的人员多数是村里有劳动能力的贫困户。缝纫区的一名员工技术娴熟，一个月能拿三四千的工资，真如车间里的标语所说："不出家门有活干，轻轻松松把钱赚。"

有一天，他突然给我发了一条微信，问，咱这车间是不是扶贫车间？我毫不犹豫地回答，当然是了。可我还是一头雾水，他为什么会这样问呢？其中肯定有原因。为一探究竟，我找了个机会来到扶贫车间，与他的助手小陈、小李闲聊起来。

小陈、小李见我一个人来了，热情地为我沏茶倒水。我问他们工作中是否有什么困难，有没有需要我们帮助的。他俩刚开始吞吞吐吐，后来也顾不得说话合适不合适，一股脑将心里话倒了出来："我们的产品都出口了，属订单式代加工企业，外商对生产环境要求很高。可是侯书记，您来看，俺这儿连个像样的办公区都没有。我们做的是跨境电商，但目前连个光纤都没有拉来，前来洽谈业务的外商一看这环境，都直摇头，好好的生意就这样泡汤了呀！"

原来是这样！

我看到了他俩既心疼又惋惜的表情。

接着，他们又说："现在生产区域是够用了，就是就餐和休息的场所不能满足，因为这，造成了技术员工的流失。好不容易培训出来的员工，说不来就不来了，咋不让人着急呢？"

是的，我也看到了。车间外侧的敞篷下摆了十几张简易餐桌，夏天吃饭热，冬天饭还没吃就凉了。

看着他们着急又无奈的样子，我尽力安慰道：

"上百万的生产线闲置着，的确让人着急。但是咱们得一步一步来，关于员工休息和就餐的问题，你们做个详细的预算，看看得多少钱；不行的话，我动用第一书记专项扶贫资金，为你们改善一下员工的生活条件。

"至于办公场所，记得前段时间，我给分管电商的王副县长沟通汇报过淘宝村创建的事，了解到有产业集聚区的优惠政策，可以免一年租金，我给你们争取争取。

"还有光纤，我看通信线杆就在咱车间旁边不远处，我跑县里到联通、移动部门协调一下，用上网络应该问题不大。"

听着听着，他俩笑了，二人紧锁的眉头渐渐舒展，露出了难得的笑容。窗外，阳光正好。

可怜天下父母心

在去扶贫车间的路上，我遇见了刘大爷。他正在村头散步，手里剥着花生，不紧不慢地吃着。他穿得厚墩墩的，我问他冷不冷，他说转一会儿还热呢。

我一边走，一边与刘大爷唠起家常来。

我问他："没事咋不放放羊？"

他说："现在麦苗进入冬眠了，不能让羊啃了，一啃，来年就不好好发墩了，影响产量。再说，啃谁家的麦苗遭谁家骂，咱不干那事儿。"

刘大爷是守规矩的人，这样的老人都受人待见。

刘大爷家有两个儿子。一个家境还不错；另一个是贫困户，身染重病，媳妇还有羊角风，外出打工时，人家看她发病时怪吓人，就不让她干了。

"那您平时吃饭怎么吃？"

他说："在两个孩儿家轮流吃。"

"那您老伴呢?"我问。

"走两年了。"

刘大爷神情有些黯然,接着说:"大儿子家境稍好些,小儿子一家真是难得没法过,一家四口,住不下,又在平房上接了一层。"

"那还不错,把房子都翻拆翻拆。"我安慰他说。

"哪儿呀!手里没钱,都是借的。"大爷一脸内疚,"我老了,也帮不上他们了。想着现在身子骨还活泛些,我到明年开了春还自己独立生活,一个是方便,最主要的是不给孩子们添麻烦。"

我禁不住夸大爷:"难得您能处处为儿女们着想,将来他们肯定会好好孝敬您老人家的。"

"是哩,是哩。他们现在对我也不错,时不时地买件衣服,给点零花钱。反正我也花不着,都给儿孙们攒着呢。"

刘大爷话不多,可句句都在理,饱含着舐犊之情。

我认真地和他讲:"您就放心吧大爷,现在党的政策好得很,您小儿子家的事村里不会不管的。咱们现在享受的扶贫政策有十来大项,60多小项。光健康扶贫就有10项呢,您儿子的大病属于百分之百的救治;您儿媳的慢性病可以归到百分之百的鉴定和救助。"

听到这些,老人咧开嘴笑了,脸上的皱纹笑得像一朵花:"还是党的政策好啊,你从省里派下来帮助我们脱贫致富,真不知道该咋感谢你哩!”

"谢什么，这都是我应该做的啊!”

刘大爷紧紧握着我的手，久久没有松开……

村里有位"银环"

我们村里有位叫韩花敏的大婶，60 出头，干事利索，说话爽快，人称花婶。在我心目中，她可以称得上当代"银环"。

她出身书香世家，父母都是知识分子，是村民们眼中名副其实的"大家闺秀"。18 岁高中毕业时，身材苗条，1.71 米的个头，出落得亭亭玉立，然而学习优秀的她却因种种原因无缘高等学府，遗憾终生。后来，通过明媒正娶，甘愿留在农村。此后的三四十年间，她不知走过多少坎坷，经历了多少风雨，硬是把一个不起眼的农家经营得勃勃生机，眼下也是儿孙满堂，尽享天伦之乐了。

"银环"自有她传奇的人生。她虽为村妇，骨子里仍旧透露着不服输、不甘人后又刚正不阿的品格。

她的老伴心地善良，却不识字，在外经商过几年，皆因不能断文识字而在生意上吃了不少的亏。花婶暗下决心，绝不能让下一代输在没文化上，她含辛茹苦，省吃俭用供养三个孩子上学读书。

那个年代，农村的孩子们放了学根本就不写作业，总是疯玩到天黑还不回家。花婶看在眼里急在心里，她放下温柔的一面，板起面孔给孩子们定下严苛的"家规"：老师布置的作业不完成不能出门；考试成绩低于班里前 5 名的一定会挨"板子"。

这看似残忍实则是大爱之心的教子良方，花婶一直严格遵循着。孩子们在这种近乎苛刻的家法环境下慢慢适应，逐渐养成了勤学习、善思考的好习惯。那贴满了整整一墙的奖状就是对花婶良苦用心的最好回报。如今，三个孩子都没有辜负妈妈的心血和付出，一个个顺利读完了小初高，陆续考上了大学，都是本科。又是一个"书香门第"啊！

花婶虽然在孩子教育上有狠心的一面，可是在帮贤济困上却有山一般的宽阔胸怀。弟弟家条件不太好，生下个女儿抚养困难，她二话不说，就把小侄女抱到了自己的身边，一口一口喂养大，待她比亲生的还亲。本想帮弟弟一把，等孩子长大到六七岁能上学了就让他领回去，谁承想孩子念姑妈的养育之恩却怎么都不愿离开，一心跟着姑妈，孝敬有加。

花婶心灵手巧，她继承了老母亲的一手好"女红"，裁、缝、绣、编、钩，样样拿手，试问，乡里乡亲哪家没穿戴过她做的宝宝装？

近年来，村里创建扶贫车间引进了藤编手工产业，她觉得自己有了用武之地，积极报名参加编织培训。由于基础好，她很快就掌握了藤编技术。回到村里的藤编车间，她无偿地教给大家编织技法。所有的家务事和带孙娃们的差事一股脑地都交给了老伴，她一心扑到车间，每天第一个到，最后一个走，雷打不动。

有人问花婶："你这样卖劲地为车间没黑没夜地干，图什么呀？"

她反问："咱就有把力气，你先别问我图啥，你先看看人家小侯书记，只身一人大老远来咱村投入抗疫一线，一来就是一两月，缺吃少穿的，他是图啥？为了抢点复产复工先机，自己又掏钱垫资引进藤编产业，他又是图个啥？！"

那人被问得含笑不语，频频点头。

扶贫车间里的女人们

花婶

2019 年 3 月的春雪，含羞地空中飘舞，轻轻抚摸着河南省镇平县肖营村的藤编扶贫车间。只听机器时而轰鸣，气钉枪时而"呼呼"作响，还不时传来一群女人们咯咯咯的爽朗笑声。

一有人进车间参观，笑声就戛然而止，她们齐刷刷地低下头认真干活。当被问起收入怎么样时，她们则变得紧张又羞怯。有的害羞地说一天能挣 50 块，有的自豪地说能挣 80 多块。一位大婶说得更风趣："在车间里能挣来快乐，你瞅，我们边干活边拍话儿，啥烦恼都忘了，这比什么都美气哩。"逗得在场的所有人开怀大笑。

这位爱说爱笑的大婶叫韩花敏，我们都习惯喊她花婶。她是这个车间的技术领班，说得洋气点儿是"车间主任"。别看她是土生土长的村民，却有一个诗意的网名——花开半夏，认识她还有一段"乌龙"式的小插曲哩。

2020年初，新冠肺炎疫情肆意蔓延。作为驻村第一书记，我带领驻村队员从省城南下300多公里，加入村里严峻的疫情阻击战中。说真的，任务繁重不怕，就是精神压力实在太大了，唯恐有什么闪失。我组建了"村战'疫'微信宣传群"，花婶一直在微信上默默关注我，有时看我搞保障忙到深夜，就叮嘱我多保重身体，天天如此。

我想，天天熬夜的应该是位很有同情心的大叔吧，就劝他说："叔，你也早点休息，不然，俺婶该心疼你了。"

她说："我就是恁婶呀！"

"哦？……对不起啊婶儿，搞错了。"我慌忙改口，感觉自己脸上一阵阵发热。

后来，疫情有了好转，乡亲们宅在家里总不是个事儿，上级要求复工复产，"战疫""战贫"两不误。我看好的县里龙头藤编扶贫产业已开工，就赶紧动员，看有没有想去学藤编的，要是学会了，我们村也办个加工点。没几天，竟然有上百人报名。

花婶第一个报名，她说她编织过地毯，有点基础。我看她人缘、技术条件都不错，就指定她负责招呼村里的"学徒"在总厂培训。

光芝婶

创办扶贫加工点，困难重重。由于疫情，多家商店不开门，买急需的东西得到市场上碰运气；为了节省开支，就让人在郑州采购后托运过来。整整一个月，我几乎天天泡在车间里。在此期间，我认识了光芝婶。

光芝婶是车间门卫白师傅的老伴儿，她看我忙得团团转，连口热乎饭都吃不上，心疼不已，干脆就留我在他们那儿吃，说，别嫌饭害（差）都中。

在食物供应紧张的情况下，光芝婶每天变着花样给我做饭，还经常做荤菜给我打牙祭。她的小孙女菡菡，在门岗小房子里寄宿，到了饭时就欢快地来喊我："叔叔，俺奶奶做好饭了，叫我喊你吃饭哩。"小菡菡忽闪着大眼睛问我："叔叔，你能一直在俺这儿吃饭吗？你在这，我就能吃上肉……"

我后来才知道，为了给我改善伙食，光芝婶把平时养的正下蛋的鸡、鸭都宰了。想起菡菡说的话，我心里除了满满的感激，更多的是愧疚。

后来，藤编车间如期开工，光芝婶主动申请加入。在车间，她虚心地向花婶学技术，几乎到了废寝忘食的境界，好几回都忘了给白师傅做饭。此时，白师傅就会一脸不高兴地喊她回去做饭。不到一个星期，光芝婶就"出师"了。她的活儿做得干净又整洁，非常达标。再后来，她又经常往车间里拿些她做的好吃的，热情地分给大家品尝。一群女人，你一言我一语，吃着说着，品味着生活的酸甜苦辣，又是一阵阵笑声在车间里飘荡。

车间开工3个多月了，渐渐走上了正轨。看到她们忙碌的身影和领工资数钱的高兴劲儿，我心里感到莫大的欣慰，总算为贫困户和弱劳动力办了件实事，汗水没白流。

赵婶

赵婶是车间里让人信得过的好员工。她勤奋腼腆，平时少言寡语，无论我何时去车间，她几乎都在埋头忙活。有一次，我和她搭话，她一边忙一边紧张地回答。我一走，她就悄悄地跟花婶说，书记一到我跟前，我都心慌，不知道该咋说了。

有一次，赵婶钉藤编框架时不小心被气钉枪钉破了手指，钢钉伤到了骨头，鲜血直流。大伙都吓坏了，手忙脚乱地用手套和小布条帮她包扎，花婶开着机动三轮车准备送她去医院，她说什么也不肯，而是一个人忍着疼，骑着电车，独自去了不远的县城医院处理伤口。

花婶说："你看小赵这人多实诚吧，也不让车间管，好歹算是工伤吧，却自己垫钱看病。她还说，车间刚起步，资金不宽余，不想给车间添麻烦。别看小赵话不多，很明事理呢，等咱车间效益好起来了，这个钱得给她补上。"

说着，花婶的眼圈红了，只见晶莹的泪花在闪动。

到了第三天，只见赵婶左手食指上缠着白纱布，又来车间干活了。我正跟师傅学编沙发上的一个小配件，她看我编得不专业，就坐我身边，用剪刀帮我修剪多出来的藤条。大伙儿都劝她在家好好养伤，伤筋动骨一百天呢，咋又来车间了？

她说："不大点小伤，不碍啥事，在家坐着也闷得慌，来这儿心静，能干就干点呗。"

话音刚落，一旁的田丰勤不由接腔道："俺嫂子就是个闲不住的人。"

小田

田丰勤即"小田"。

她和赵婶是妯娌，家是前后院，来车间上班她俩也如影随形。她坐在车间最入眼的位置——或许是花婶的刻意安排，毕竟小田平时话多，嘴巴甜。有一次领导来车间调研，饶有兴趣地问她忙不忙，干得怎么样，她从容地回答："在这儿干可美！计件发工资，多劳多得，还不耽误照顾家。这不，我刚从地里种完秋庄稼回来，啥都不耽误。"领导连连称赞她能干。

过后，我跟花婶说，领导通过她了解到车间发展的好势头，给予咱们藤编产业很高的评价。花婶笑着给我反馈："真让她叨叨上了。你们走罢她就跑我身边显摆：'我说得中吧花敏姐？没说错什么吧？'我逗她，就你嘴甜，叫你'小田'一点都不亏！"

我忍不住哈哈大笑。

其实，田丰勤也不算小了，都50来岁了，但在花婶眼里就是小田。花婶还给我透露，别看她大大咧咧，心还挺细，比如她干的活都在一个小纸片上记着呢，写得七倒八歪的谁也看不懂，只有她自己明白。记得有次对账算工钱，她发现自己少算了一件，便拿出了这个秘密账单。大伙都笑着问她，这写的是哪国的字？皮肤略显黝黑的她狡黠地咧嘴不言，露出一口细碎整齐的小白牙。

花婶半开玩笑半认真地对她说："别给我傻笑啊，下个月给你定个目标，不挣两千，拿你是问！"

…………

后来，花婶又专门和我说："我说这话是有把握的。小田能干，手里出活，给她定个高点的目标，依她现在的水平肯定能完成，这样，也好激励其他人上进。"

花婶还说，小田心眼很好，她有一个表弟在外做生意，想让她去帮忙，一个月少说也给她三四千元。但是，她不去。记得她原话是这么说的：

"在咱车间虽说挣得不算多，但干得很开心。再说，他们省局连续16年帮扶咱村，第一书记也是铁了心帮咱，他们图啥呀？不就是图让咱村脱贫，让咱们腰包鼓起来，生活好起来嘛！咱们得拧成一股绳，劲儿往一处使啊。"

听后，我禁不住直点头。

"别看小田文化程度不高，觉悟还不低哩！"花婶赏识地说。

同时，我也很感谢她。谢谢她以及所有乡亲们的信任与支持，大家一起加油！

在五保户家吃饺子

村里有个五保户李老汉，70多岁了，身体还算硬朗，老伴去世得早，闺女又外嫁，留下他孤身一人。日子冷冷清清的，独住的时间久了，性格也变了，整日里牢骚满腹。

走访他家时，我无意间得知他做的饺子好吃，便随口说了句玩笑话："哪天去恁家吃饺子吧？尝尝您的手艺。"没想到他当即答应。我原以为他只是客气一下，没想到第二天他竟然真的包好了饺子，还特意到村部邀请我们去吃。

在他家，我们边吃边聊。听到大家都不约而同地夸赞他做的饺子好吃，他便开始自豪地给我们介绍做饺子的经验。

"饺子要想好吃，首先要选好面。和面时磕上两个鸡蛋清，然后多醒一会儿，这样擀出的饺子皮耐煮，吃着也筋道。另外，盘馅儿时也要放蛋清，这样可以让馅儿抱团不散，而且还入味。"

一顿饺子吃完，老人非常高兴，激动得不知说什么好。过了片刻，他深深叹了一口气，缓缓说道："自闺女外嫁后，我已经很长时间没和人这样说过话了。"大家听后，心里也觉得很不是滋味，便都劝他想开点，平时多和大家交流，不要总是一个人在家待……经过一番交谈，我们了解到李老汉在老伴去世、女儿出嫁后，孤身一人不为人所知的困难心酸，也终于明白了他总是满腹牢骚的根源所在。

通过这件事，让我们深深感觉到，我们的扶贫工作，目前很多仅仅停留在表面，而没有深入百姓的思想深处。从李老汉的例子可以看出，只要我们诚心诚意，真心交流，群众还是很愿意把心里话说出来的。

眼下我们正在开展"不忘初心、牢记使命"主题教育，而这次教育的重点就是要注重实际效果，解决实质问题。作为扶贫干部，在扶贫工作中要想做到注重实际效果，解决实质问题，就必须首先做到深入群众，让群众认同，才能和他们并肩奋斗，达到早日摆脱贫困，走上幸福之路的目的。

我给嫂娘称点米

村里伙房的米吃完了，我去超市称散米。

选米时，我特意挑了颗粒饱满的一种，分成两兜，一兜村伙用，一兜准备给"英雄嫂娘"张俊荣老人送去。这段时间由于忙工作，我没抽出空去看望老人，也不知道她究竟生活得怎么样。上次给了她点零花钱，没想到她竟然不舍得花，还用布包裹了一层又一层，这次正好借送米去看望她。

米还没来得及送，她恰好来党群服务中心开证明材料，我看她气色比上次好很多，也就放心了许多。

我笑着说："大娘，才下过雨，路上有积水，一会我开车送您回家，正好把给您称的一点米捎去。"

"侯书记，这米说啥俺也不能要你的，你为俺的事就够麻烦的了。"老人家饱含歉意地婉拒着。

我说："大娘，您就别客气了。米不多，也不值什么钱，就是想让您尝尝今年的新米。另外，天冷了，一个人吃饭千万别将就，要吃热乎饭。"

　　这几句话在我看来很普通，老人听了竟然背过身去，偷偷地抹起了眼泪儿。

村支书刘国保

一

夜幕徐徐降临，肖营村新安装的 LED 节能路灯次第绽放着柔和的光芒，许多小虫儿围着灯罩好奇地飞来飞去。

只见累了一天的村支书刘国保从村部下班出来，拖着疲惫的身子走在灯光下，总想快点到家。到了家，身子像散了架，把鞋一甩，连袜子都没来得及脱就躺下睡了。

刚想迷糊上，脑子里猛然想起一个事儿，让他再也没有了睡意。原来，今天的"学习强国"还没学完哩，过了零点，当天的学习积分就归零了，一懒丢了几十分怪可惜。

其实，他的学习积分已攒一万多分了，在全乡排名都首屈一指。但这名年过六旬的老党员还是倔强地坐了起来，披起衣服，拿起手机开始学自己喜欢的栏目内容。

一部革命战争题材的老电影《高山下的花环》映入他的眼帘，他一口气看完。随着剧情跌宕，他的心也难以平静，时而亢奋时而沉重，无声的泪水打湿了这个老兵的半边枕巾。

梁三喜、雷军长、靳副连长……一个个英雄人物形象、一个个激战场面，仿佛又把他带到了对越自卫反击战那个战火纷飞的流金岁月。

他看到一个个战友从自己身边倒下，弱冠之年，鲜活的生命说没就没了。愤怒的他，搂着这个喊喊名字，扒住那个叫叫兄弟，一个答应的都没有啊。他眼都吼红了，带着哭腔高喊着："好兄弟！我一定替你报仇……"抓起已经牺牲战友怀里的机枪就是一阵扫射……那时间，什么也不想，一心想着报仇。

战争胜利了，火线入党的刘国保活着回到了祖国的怀抱，激动地哭了。

他见到同乡牺牲战友刘富平的母亲，情不自禁地上去拥抱着她，泪如泉涌："妈妈，就当我是您的儿子，我给您养老……"遗憾的是，老人家由于过度思念、悲伤，没坚持多久也撒手人寰了。

那些揪心的场面，回想起来就好像刚刚发生的一样，那些活生生的战友就好像还在身边一样。

刘国保从战场走来，一转眼在村里一干就是 30 多年，文书、治保主任、民兵连连长、会计、村主任、副支书，他干了个遍。他不无感慨：战争就是战争，为了祖国，为了和平，战友的牺牲是值得的。没有当年的牺牲哪有今天的幸福？

如今，举国脱贫攻坚，也是一个没有硝烟的"战场"啊，为精准扶贫跑跑腿儿，为贫困群众办办事儿，为村里产业发展费费心，是多么幸福的一件事啊，俺是县人大代表，俺有多大的力得给国家使多大劲，有多少能耐就给国家做多少贡献，这样，才能对得起长眠于地下的英烈们啊！

二

刘国保被一阵急促的电话铃声惊醒了。他揉揉惺忪的睡眼，拿起手机一看，是村里在外经商的"90后"小伙楠楠打来的电话。

"娃儿，你咋打电话了，在外面还好吧？"

"我挺好的国保叔，我想……"话到嘴边，又咽回去了。

楠楠在外闯荡了好些年了，掌握了一技之长，经营的产品在国内国外都非常畅销。手里富裕了，有了实力，但家乡还有几百人生活在贫困线上，楠楠看在眼里急在心里。

"娃儿，有啥难事，给叔说。"

"没有啥难事，我就想跟恁商量个小事，您看中不中？"

"说吧，只要叔能帮上你的，都中啊。"

"不是啊叔，我想把我的生产车间搬到咱村里，让咱村的贫困户来我这儿上班挣钱，用不了多长时间都能让他们过上好日子!"

"那老中! 那老中! 你可跟叔想到一块去啦。"

"可是……"

"咋了娃儿? 有啥难处，你尽管说。"

"可是，俺家人不老愿意让我回来，说我在外面生意做得好好的，回来显摆个啥? 再说，谁给你批地皮? 让村里人给你打工，他们一没技术，二没文化，肯定会把你的生意弄砸锅!"

国保听说是这事，心中暗喜，这不瞌睡给个枕头嘛! 村里产业扶贫、精准扶贫优惠政策敞着大门在等待项目，正愁引不来"金凤凰"呢，为这事，乡里领导没少骂他。这下可好，"凤凰"主动飞回来了，这个好娃的想法可是要帮上他的大忙了呀。

"你先别急，娃儿，恁家人的思想工作我来做，车间场地的审批村里给你往乡里报、往县里批。现在党的扶贫政策很宽，上上下下都鼓励你们这样有远大抱负的青年返乡创业哩!"

"那太好了! 那我等着您的好消息啦。叔，我这儿来客户了，要谈点合同上的事，那我先挂了哈。"

"中，那你忙你的，娃儿。"

傍晚时分，西边出现了火烧云，天上红彤彤的。刘支书还没走到楠楠家门口，唱戏机里的豫剧宛梆腔就从院里飘了出来，仔细一听，是《刘墉下南京》，唱得正热闹。刘支书迈进楠楠的家门，一只小黄狗汪汪地叫着，楠楠父亲呵斥它几声，它就听话地摇着尾巴去一边卧着了，眼瞅着刘支书他们。

"二哥（刘支书在家排行老二），我知道你来干啥的，要是说俺娃的事，门儿都没有！你还是回去吧。"

"等我把话说完，你想留也留不住俺。村部的事稠乎乎哩。"刘支书嘿嘿一笑说。

刘支书在一个小竹椅上坐下，习惯性地用手抹拉一下嘴，耐心地跟楠楠父亲商量起事来："是这，他叔，娃想返乡创业，这是好事，咱不该拦啊。现在党的扶贫政策好，娃要是回来了，村里给他盖扶贫车间，税收上给他照顾，还能带动咱村的贫困户脱贫致富，运营成本肯定比城里低，生意不但不会受影响，反而会越做越红火，乡亲们也会念娃的好哩！不愁县里、市里给咱娃戴大红花！"

"会有恁好?!"楠楠父亲半信半疑。

刘支书看他思想有缓和，信誓旦旦地接着话茬说："这还能哄你啊老弟，放心让娃回来干吧，我敢用我的党性跟咱娃担保！"

楠楠父亲迟疑了一会儿，略带勉强地答应着刘支书："那好吧，就照你说的，回头我给俺娃说说。"

"欸，这就对了嘛！你接着听你的戏他叔。这戏里，'刘

塴下南京'，戏外，咱娃可要下肖营干大事哩！俺走了。"刘
支书舒了口气，也哼着戏曲儿得意地走出了楠楠家的大门。

"出北京放罢了大炮六声，凉纱轿坐着我这一品卿……"

三

车轮滚滚寒流急，日历上已是腊月廿五了，己亥春节
将至。

国保把村主任吕文明喊到办公室里来算算账，算啥账哩？
年终了，算算咱们还欠老百姓的啥事没办。他俩一样一样算，
一件一件地清，算到最后，噢！建扶贫车间的资金还没有着
落，还差陈茨园、肖营东头、小刘营东头几个自然庄的断头路
没有修通。

他不安地对村主任说："这不中哇！咱们得去找项目找钱
儿啊！上哪儿找呢？咱们就上郑州，去对口帮扶咱村的省局机
关看看。"

村主任犯了难："二哥，中是中，可这大过年的，找谁去
啊？再说，上次的差旅费还没报出来呢……"

国保一句话打消了村主任的顾虑："弄成了，来回盘缠大
伙掏，弄不成我自个掏。"

说干就干，明天下午出发，国保安排村主任："文明，出
发前给咱的第一书记郭书记打个电话，把咱们的想法做法给他

汇报汇报。"

就这样，腊月廿六的下午，他俩出发啦。当赶到郑州的时候已是华灯初上。当时从镇平出发时天就很冷很冷，刺骨的寒风像吹哨一样刮个不停，乌云滚滚，天像要掉下来似的。堵车堵到晚上十点了，郭书记找了一个小饭馆早早地在等着他俩，简单吃两口，就找了个旅社住下了。

第二天一早，郭书记带着国保、村主任挨个部门地"化缘"，这些部门都热情地说大力支持给帮助协调。他们看事情终于有点眉目了，决定下午返回村里，毕竟还有五六百里的远路要赶。

可是，郭书记非要和他们一块回村里。国保说："不中，你不能回，今儿都廿七了，再有两天就过年啦，家里老的小的，还没办年货，天还这么冷，不行，你不能回。"

"我得回去。我家的事小，村里的事大，刘书何的孙女有病要来郑州住院治疗，康保中尿毒症，过年啦，他咋样？沈庆丰无人照料，她咋样？还有……"郭书记执意要回村看看。

没办法，国保拗不过郭书记，他们顶着刺骨的寒风从郑州出发啦，执着地奔驰在扶贫的道路上……

有心人天不负。省局各部门都被国保一行一心为民的孜孜情怀所打动，春节过后不久，很快协调出来 200 多万元专项扶贫资金。一万多平方米的返乡创业园、五百亩的软籽石榴采摘基地、两千亩的牡丹种植产业园，如雨后春笋般相继引进、新建、落成。

车间里机器轰鸣，产业园里花朵争相开放，一派欣欣向荣的景象。村民们脸上露出了笑容，情不自禁地唱起了顺口溜："不出村，有活干，轻轻松松把钱赚。"

四

宠辱不惊，看庭前花开花落；去留无意，望天上云卷云舒。

国保支书虽然拿了"全县村党支部书记扶贫攻坚大比武"的大奖，但还是该干啥干啥。该喝点小酒还是喝点小酒，会上该挟炑（音 xiéhuo，吼叫）的还是挟炑，急了，该骂人了还是照骂不误；该给驻村队员义务做饭的，只要手头没事还是围裙一扎就下厨。

那天周末，他一时兴起，邀几个老伙计分享他夺冠的喜悦，一起抿两口。谁知道酒逢知己千杯少，喝大了，酒足饭饱后，摇摇晃晃地往家走，走到半路，瞌睡瘾上来了，歪倒在一棵桐树旁呼呼大睡。清晨有人赶集路过他身边，上前招呼他，他还以为酒场刚散呢，向人家摆摆手："别送了，都回去吧。"

茶余，提起这档子事，大伙儿都为这位"侠肝义胆"的支书捧腹不已，可他反倒自嘲地作了一首打油诗聊以自慰，算是给自己圆了场：

"醉卧路边明月照，酣声似雷惊滔滔。梦中还在敬宾朋，招手送客到天明。"

说归说，笑归笑，国保在组织开会时可没这么随和，说怼就怼。有一次，研究敬老院老人入住宿舍分配标准和伙食标准时，村干部意见分歧很大，有的说老人没吃够标准；有的说，管理人员有小动作。国保让委派核实情况的两名村干部说说内情，他俩支支吾吾半天说不出个所以然来。

一看这，国保急眼了，把本往桌上一摔，怒斥道："让你们去查几个星期了，查到现在没一点进展，要你们干尿吃哩！"

会议室里顿时鸦雀无声。

事后在村部伙上就我俩吃饭时，我问他："二哥，有话不能好好说吗，您咋发那么大的火？"

"我也想慢条斯理地给他们讲，可是光来文的不沾闲哪。"国保似乎也有一肚子话要说，"光说基层抓党建抓党建，关键抓点啥？"

说起党建，国保又打开了话匣子。

他荣幸地被选为全县先进党支部书记代表去新乡参加了省里组织的观摩学习，参观了刘庄的传统管理模式，听了资深"三农"教授传经送宝。一回来就在饭桌上急着跟我沟通想法、交流抓党建意见。

我说："二哥，您这问题问得有点犀利呀，还真不是一句话两句话能说清楚的。莫非您外出学习学到真经啦？"

"对头!"他得意之情溢于言表,"我觉得抓党建最关键、最根本的问题,一个是抓'开会',一个是抓村干部的'心'!"

"倒是言简意赅,接着说。"我也来了兴致。

"你想啊,如果村干部的心不在工作上,这个会咋开都不会有效果,或者开会流于形式,咱这党建从哪儿抓起?"

"嗯,有思想!还有什么高见?"我追问。

"咱们村得成立'百姓调解小组''红白事宗教理事会',老党员是骨干,村干部腾出精力抓党建;咱村党员多,重新划分并增加党小组,便于组织党建活动;建立经常性的谈心机制,增强村干部间的组织感情和同志友谊。"

"高!"我向他竖起了大拇指,"行啊二哥,这一趟没白去啊!"

我俩一边收拾着碗筷一边愉悦地交谈着。我趁机心疼地说:"不过二哥,我得批评您两句了。"

他愣了,一脸茫然。

"您给我们驻村工作队做着新饭,您却吃着上顿的剩饭,现在又不是饥荒年代,这样可不行啊!"

"嗬,我当是啥事哩,你不知道,我这是小时候饿怕了,这么好的饭菜倒掉怪可惜的。"他棕酱色的脸上露出一丝羞涩来。

巾帼县长

2019 年 5 月，我下到村里扶贫，初来乍到，脑子里一片空白。不经意间，听到同事们说，我来镇平驻村扶贫是我的福气。这令我困惑不解，什么"福气"呢？一问才知，分管全县扶贫工作的女县长李莉，是省市场监督管理局派下来在镇平挂职的常委副县长。具体又了解了一下，机构改革前，李副县长是原省质监局机关处室领导，后来到了现在的省局机关，仍任处室领导。

随着时间的推移，扶贫工作陆续展开，让我这个只有一腔热血没有一点实战经验的门外汉着实伤透了脑筋，幸亏有了李副县长的"扶持"，我才渐渐理出头绪。

为了让我尽早熟悉工作，尽快进入扶贫工作状态，李副县长给我单独开了"小灶"。她亲自为我送来了精神食粮——《摆脱贫困》《习近平扶贫论述摘编》《习近平谈治国理政》《镇平县志》等学习读物，推荐了"镇平在线"微信公众号，带我到县乡各级扶贫部门"走走看看",又着重给我介绍了几个省派第一书记——他们已驻村一两年了,有着丰富的驻村经验。就这样,在李副县长手把手的指导下,我一边如饥似渴地攻读专业理论书籍,一边请教相关扶贫专家,也渐渐进入了工作状态。

与此同时,李副县长知道我在单位里从事过新闻宣传,就着重引导我在扶贫领域开展调研和理论研究,便于宣传报道省局8个扶贫点的工作开展和经验交流,并着力推荐我到县里各个扶贫有亮点、有特色、有成效的贫困村参观见学。

功夫不负有心人。没过多长时间,由我与省报记者联合撰写的关于扶贫的一篇报道《真抓实干精准发力 纵深推进对口帮扶》在《河南日报》发表了,占了整整一个版面,为我们肖营村,为我们镇平县争了光。李副县长很开心,逢人便推介这篇新闻报道。

李副县长对我们村的帮扶可以说做到了事无巨细。她不仅在百忙之中殷切指导帮助我个人开展工作,对村里的任何事更是一点不含糊。夏季天气高温干旱,我们的牡丹产业园两千亩的苗木亟须灌溉,全村4000多人饮水困难,我们的用水告急!面对困境,我赶紧向李副县长上报。李副县长知道后,急忙放下手头事情,二话不说,就给县水利专班进行协调沟通。于是,当天下午,县水利局就来了技术人员到村里详细了解情况,帮助我们渡过难关。

看着李副县长雷厉风行的工作作风，我打心眼里钦佩她的高效与实干。

6月7日，我和队员小邹正忙着迎接国检，李副县长突然来到村里。我很是惊喜："县长，您咋来了？您那么忙又来指导俺村的工作，让您费心了！"

"今天不谈工作，看把你们忙的，忘了今天是什么日子了吧？今天是端午节，放假了你们也回不去，我来给你们送点粽子。"李副县长微笑着说。

听她这么一说，我拍拍脑门，才恍然大悟，明白了她的来意，竟激动得语无伦次。

端午节了，祝福所有的乡亲幸福安康，感谢爱民为民的巾帼县长。

村支书的"学习强国"经

　　刚到村里时，我通过"学习强国"平台认识了上过老山前线打过仗的村支书刘国保，那时他已在平台上累计学习3000多分。看到如此傲人的成绩，我不由得对这位老支书肃然起敬，同时心里又暗自窃喜：有了这样出色的支书，不愁搭不好领导班子！

　　一个上了岁数的人，竟然能取得这样优异的成绩，极大地激起了我的好奇心。得空时，我便向他请教学习经验。听了我的疑问，他哈哈笑了起来，而后认真地说："学习平台上每天我都是最高分。"

　　我惊讶地问："你是怎么做到的?"

　　"我岁数大了，早上醒得早，有时两三点就醒了。睁开眼第一件事就是打开'学习强国'，反正有的是时间，一项一项地学呗。"他不紧不慢地说。

　　"原来是这样。那您学习中遇到过什么难题没? 通过学习，您最大的收获是什么？"我紧追着问。

刘支书则自信地回答："基本没有难题。不过也遇到过，比如刚开始学习时，觉得'挑战答题'这部分最难，后来答多了就找到一些小窍门。还有，一边'听音乐'一边'阅读文章'也可以得分，欣赏与学习两不误。要说收获嘛，那就是在平台上听到了红歌，看到了红色电影，有了忆苦思甜的幸福感，如今的好日子都是党给的！"

说着，刘支书就拿起手机，打开"学习强国"，要给我演示一番……

小红与"大红"

去年仲秋，肖营村在县、乡（街道办）两级组织的建档立卡资料评比中喜获第一名，周边村镇纷纷来村里"取经"，肖营村可谓红极一时。殊不知，这"大红"的背后饱含着包村女干部张小红的多少心血！

玉都街道办派驻肖营村的扶贫包村干部张小红，年轻有能力，干起工作来认真细致，吃苦耐劳的劲头让人敬佩，是责任组长的得力助手。

有一天晚上，刘支书看到她仍在埋头加班，就心疼地催她下班："小红啊，天都黑了，下班吧，人都走完了，身体要紧。"

小红抬头看看刘支书，笑笑说："没事，我再坚持一会儿，今天的活儿不能留到明天。"说罢仍低头工作。

刘支书怔怔地望着她，心里念叨："多好的干部，真是难得的人才，正因为有这样的扶贫干部，才能有我们肖营的今天。"

　　的确，小红的工作量是超负荷的，她就像个永不停歇的陀螺。家里有年迈的父母，儿子正在上学前班，所有家务活都落在她身上了。每天早上还要参加办事处的"大点名"，受领办事处给她负责的居委会的工作。但是，更让她牵挂的是包村扶贫。一天到晚，办事处、居委会、村委会等几个地方不停地跑，繁重的任务别说她一个弱女子了，就连一个强壮的男同志也累得够呛，可是谁都没见她叫过苦说过累。刘支书钦佩地说："上这儿学上那儿学，哪儿都别去，就学我们身边的榜样张小红。"

　　接手扶贫工作，小红发现村里的贫困户档案混乱，二话不说，她撸起袖子就干开了。全村66户档案，她硬是一户一户、一项一项地重新核对修订一遍，实际是从头做了一遍。哪怕一天对一户，也要完成不可。就这一项工作，她干了一个多月，每天都加班到很晚才回家。孩子还小，可她却因为工作繁忙，只能让年迈的父母、公婆帮忙照料。加上她还有严重的贫血症，脸色总是苍白，然而她就是硬撑着，最终完成档案整理。

　　于是，便有了开头"喜获第一名"的佳绩，张小红同志功不可没。她的辛勤付出为我们赢得了荣誉，刘支书激动地逢人便夸："我们肖营有这样的包村干部驻村领导，俺还有啥说的！"

我的驻村战友

和我搭档驻村的工作队员邹阳森，率直坦诚，是一个意气风发的帅小伙儿。加上我，他陪了两任第一书记了，与两任书记一道扶贫，配合得非常默契，是不可多得的左膀右臂。两年来，他以求真务实的工作态度，先后与我和郭书记结下了深厚的战友情、兄弟爱。

也许是从小到大生于斯长于斯的缘故，他对南阳有着与生俱来的亲近。我俩一同从部队转业安置到现在的省直单位药监局，巧的是，省局两个对口帮扶的贫困村都在南阳，他率先主动提出下乡驻村扶贫。说真的，我佩服他的勇气和精神，为我们军转人做出了榜样，我半认真半玩笑地给他说："阳森，我可是冲着你来的！"

他像回家一样来到镇平县。走进肖营村，一样的乡音一样的情。他把对乡村的深情无私地挥洒在了脱贫攻坚工作上，再苦再累，在他坚毅的脸庞上也找不到一丝埋怨的踪影。

　　凡是当过兵的人，都会对"吃苦"二字有着别样的体会，对《忆秦娥·娄山关》中那句"雄关漫道真如铁，而今迈步从头越"的英勇气概多了一分理解。军人，不管脱不脱军装，总是把"首战用我，用我必胜"的誓言烙在了骨子里。来到扶贫岗位，阳森亦有感而发，作了一首彰显退役军人"固本色　守初心"诗《浪淘沙·驻村感怀》，字里行间透露着军人的铮铮铁骨，读之，令人顿觉热血沸腾——

　　　　时年脱戎装
　　　　再赴一线
　　　　攻坚克难正当时
　　　　访贫问苦慰千家
　　　　践行使命
　　　　躬行三两载
　　　　酸甜自知
　　　　百年梦寐事将成
　　　　待到山花烂漫时
　　　　开颜放歌

　　我感激阳森用他的真情迎接一个又一个山花烂漫的时节。他比我早来一年多，对村里的产业和每个贫困户的情况掌握得非常精准。我初来乍到，很多问题都不懂。为了帮助我尽快融入肖营村，他不管天气怎样，总是不厌其烦地领着我一户一户进行走访介绍，直到我熟悉了这里的所有情况。在生活中，我们亲如兄弟，相互照顾。我忙了，他给我做饭；他忙了，我给他做饭，深厚的战友情就在这种相互关照的驻村扶贫工作中建立起来了。

阳森曾为前任书记郭锦龙作了一首诗《驻村之送战友郭锦龙书记赴疆任职有感》：

作别亲朋挥手去，
策马出塞望昆仑。
壮怀天下英雄气，
展翅翱翔耀天山。

诗中既表达了对郭书记的不舍，又为昔日"战友"的英勇气概而无比自豪与骄傲。郭书记已经奔赴其他"战场"，但我来了，我会与阳森一道，再续攻城拔寨的扶贫篇章。

凌晨时分，我仍伏案疾书。一想起这些战友，更觉心潮澎湃，融入了阳森的又一诗作《驻村之冬夜难眠》：

屋贫风雪寒，
影伴几辗转。
夜长人不寐，
点滴到天亮。

第三辑　可敬的第一书记

真抓实干精准发力　纵深推进对口帮扶

——省市场监督管理局党组书记马林青谈驻村对口帮扶工作

脱贫攻坚是一场必须打赢打好的硬仗。在全省脱贫攻坚战进入攻城拔寨的关键时刻，省市场监督管理局重点部署、周密安排，高标准要求，精准推进驻村对口帮扶工作提质增效，再上新台阶。

5月9日，省市场监管局召开了一次扎实有效的驻村对口帮扶工作汇报会。省市场监管局7个驻村第一书记详细汇报工作，分管局领导一一发言，肯定成绩的同时，找问题、找难点、找解决办法，并结合省纪检监察机关关于扶贫领域腐败和作风问题专项治理精神，对下一步工作进行再强调、再动员、再部署。

会后不久，省市场监管局党组书记马林青、局长唐远游及其他局领导分别率队前往定点帮扶村走访调研，围绕制约脱贫攻坚的难点、痛点，为驻村帮扶工作理出新思路、提出新要求、注入新动力。

扶贫工作进入攻坚期，省市场监管局如何重点施策，切实发挥好驻村工作队的精准帮扶作用，在打赢脱贫攻坚战中切实展现出市场监管人的风采？记者就此采访了马林青。

全力以赴谋发展　推动驻村帮扶工作成效明显

记者：目前省市场监管局驻村对口帮扶工作开展成效如何？

马林青：2017年11月以来，省市场监管局挑选精兵强将任驻村第一书记，组建7支驻村对口帮扶工作队，分别前往上蔡县邵店镇前杨村、嵩县白河镇大青村、上蔡县邵店镇郭屯村、镇平县老庄镇凉水泉村、镇平县玉都街道办事处肖营村、邓州市龙堰乡刁河村和淮滨县新里镇王角村开展驻村对口帮扶工作。

经统计，2017年以来，原工商、质监、食药监、知识产权等单位省局本级投入扶贫资金共531.9万元，协调其他组织投入扶贫资金6231.07万元。经过一年多的奋战，截至目前，7个对口帮扶村已完成增收项目25个，正在进行中的项目有8个；完成惠民项目78个，正在进行项目45个；共带动超过191户贫困户、758位贫困群众顺利脱贫。

自入村以来，在省局的大力支持下，7支对口帮扶工作队围绕脱贫攻坚工作大局，讲政治、讲担当，舍小家、顾大家，沉下心、扑下身，切实担负起精准扶贫的重任。省局领导定期下村调研，驻村办公，帮助驻村工作队一起找资金、跑项目、引技术、转观念，推动受扶村基础设施大为改善、特色产业不断发展壮大、基层组织建设有力提升、公共服务进一步完善，贫困群众获得感、幸福感明显增强。市场监管局对口帮扶工作得到当地村干部和群众的高度赞扬和充分肯定。

由于每个村具体情况不同，7个驻村帮扶工作队在实际工作中综合运用多种方法，积累了不少帮扶工作经验，受到了各级政府的肯定。

以我刚刚走访调研过的定点帮扶村嵩县白河镇大青村为例，大青村是个深度贫困村，"第一书记"张敢同志和刘亚晖、李志毅两位队员按照"建强基层组织、推动精准扶贫、落实基础制度、办好惠民实事"四项基本任务，以发展村集体经济为牵引，大力推进特色种植养殖、健全村基础设施、凝聚村"两委"战斗力，极大提升了村民自主脱贫积极性。

目前，大青村成立了香菇专业合作社，全村发展香菇袋料种植160余万袋，纯增收800余万元；成功申请专项资金200万元开展乡村旅游；推进劳动力转移，年转移就业199人，人均月增收1000元左右。截至2018年底，全村已脱贫45户186人，人均增收1000余元。

在邓州市龙堰乡刁河村，"第一书记"李怀琛和赵志伟、陈吉东三位同志吃住在村，身入群众、声入群众、深入群众，切实为群众谋发展，共协调各类帮扶资金 1577 万元，用于村基础设施、学校、扶贫车间建设和产业发展等。目前村里发展起来的中药材育苗、光伏发电、果酒加工、养殖、餐饮等五大产业已渐成规模，2018 年度村集体经济实现零的突破，收入32 万元，让当地群众致富奔小康的信心更足、动力更大。

扶贫攻坚，产业先行。经过努力，目前 7 个帮扶村的产业发展都充分结合当地资源禀赋，走出了自己的特色发展之路。除了大青村、刁河村，如镇平县凉水泉村建起了箱包厂、保洁工具加工厂等，让困难群众在家门口就能就业；上蔡县前杨村积极推动电商扶贫，引进"河南省电子商务进农村综合示范项目"，让村民不出门就能销售特色产品，增加了收入途径；王角村因地制宜发展起了植桑养蚕及中草药种植等产业，为当地群众脱贫致富奔小康提供了稳固支撑。

夯实基层党组织建设，驻村工作队也摸索出了不少好做法。刁河村工作队为村里修建了党群服务中心、村民活动中心、党建长廊等，成立了红白理事会，组织村干部到红旗渠干部学院培训等。这些实实在在的做法，切实提高了基层党组织的凝聚力、战斗力和公信力。2018 年，该村党支部被评为邓州市"四星级红旗党支部"，被确定为龙堰乡"抓党建促脱贫攻坚示范村"，今年又被评选为全省"四议两公开"工作法观摩村，党建引领扶贫成效显著。

在上蔡县邵店镇郭屯村，帮扶工作队通过"两委"换届成员调整，使该村"两委"班子平均年龄由 56.8 岁下降为 43.6岁，实现了班子的年轻化、知识化，工作能力和效率得到明显提升，得到了驻马店市驻村办的充分肯定。淮滨县王角村帮扶队敢于创新，把党的组织向产业链延伸，向镇党委申请成立村集体经济公司的特别党支部，村里 11 个新注册的农业合作社都有党员联系人，"把支部建在产业链上"的做法，得到省直定点考核组的肯定。

可以说，7 个驻村帮扶工作队在推动当地产业发展、加强基层党组织建设、强化智力扶贫、配合完善社会保障体系建设等方面都摸索出了不少符合地方实际的工作方法，助力当地政府推动扶贫工作取得明显成效。

凝神聚力抓关键　提升驻村帮扶工作精准度满意度

记者：脱贫攻坚关键在精准，在这场战役的后半期，省市场监管局将聚焦哪些重点领域持续发力，精准开展对口帮扶工作？

马林青：认识是行动的先导，只有认识先到位，工作才能到位。在刚刚举行的省市场监管局对口帮扶工作会上，我们着重要求，驻村工作队必须进一步深化对脱贫攻坚、驻村帮扶、干部驻村的认识，切实增强驻村帮扶工作的使命担当和行动自觉。

省市场监管局要求省局党组和机关全体干部及驻村工作队员，要充分认识到脱贫攻坚是全党极为严肃、极其重大的一项政治任务。要以习近平新时代中国特色社会主义思想为指引，不断提高政治站位，坚持正确方向，保持政治定力，坚定必胜信心，增强对脱贫攻坚极端重要性、艰巨性、紧迫性的再认识。进一步增强使命感、荣誉感和责任感，高水平、高标准开展对口帮扶工作，为我省实现"脱贫摘帽、全面小康"、全面实施乡村振兴战略贡献出市场监管战线的智慧和力量。

脱贫攻坚战进入冲刺期，省市场监管局驻村帮扶工作将紧紧抓住关键环节，突出帮扶重点，用心用情用力做好帮扶工作，以帮扶工作的精准度提升群众的满意度，以帮扶干部的责任感提升群众的获得感。

——咬定脱贫这一总攻目标。驻村对口帮扶工作的出发点在于实现脱贫，脱贫是第一政治任务，精准脱贫是第一原则，精准施策帮扶是第一责任。7个驻村帮扶工作队将牢记使命，不忘初心，紧紧抓住2020年顺利脱贫这一总目标不懈奋斗。

——抓住"识贫、扶贫、脱贫"等关键环节。对口帮扶工作，精准是关键，工作队要始终把"精准"要求贯穿到"识贫、扶贫、脱贫"的全过程。要抓好贫困人口识别，确保动态调整精准到位；要落实因户施策、因人施策，确保帮扶工作精准到位；要把好贫困人口"退出"关，既要避免"错退"，又要保证稳定脱贫人口有序退出，确保脱贫环节精准到位。

——持续聚焦基层党建、产业发展、政策落实、扶志扶智、环境提升等重点。严格按照中央和省里明确的主要任务，确定帮扶重点，精准发力，这是省市场监管局7个帮扶工作队一直在做的工作，下一步，我们将持续努力，推动帮扶工作在关键领域和环节再上新台阶。

一是抓好党建促脱贫。以高质量党建推动脱贫工作高质量发展，7个帮扶队都积累了不少经验。下一步，驻村工作队要持续扎实推进村"两委"换届选举后续工作、持续整顿贫困村软弱涣散党组织、基层党组织规范化建设等工作任务的落实，把脱贫攻坚同基层党组织建设有机结合起来，选好致富带头人，建强支部班子、带好党员队伍、健全管理制度，打造一支"永不走的工作队"。

二是抓好产业促增收。经过努力，目前7个对口帮扶村的产业发展都有了一定规模，都充分结合当地脱贫实际，走出了自己的特色发展之路。下一步，工作队要持续把发展产业作为主攻方向，围绕"一村一品一主体"，努力做到村村有带动产业、户户有增收项目、人人有脱贫门路。要充分发挥市场监管工作优势，注重开展品牌商标建设，帮助各村相关产业注册商标品牌，扩大产品知名度，提升扶贫产业的经济效益。一些特色种植产业如食用菌、中药材等，要加强与相关企业的合作联系，将产品代加工项目引进来，解决村民就业增收问题，进而实现产业项目脱贫。

三是抓好政策促落实。近年来，中央和省委、省政府先后密集出台了生态建设保护、金融扶贫、易地搬迁、光伏扶贫等系列政策措施。驻村工作队要全面梳理，按照到村、到户、到人，普惠、特惠、优惠等逐一对接落实，让贫困群众有明显获得感、幸福感。

四是抓好扶志促动力。以往工作中，帮扶队采取了多种措施，把扶贫与扶志扶智扶德结合起来，激发贫困群众的内生动力。

如上蔡县郭屯村，工作队组织带领村里先后举行了"好媳妇、好婆婆""优秀共产党员""优秀致富能手""脱贫标兵""公益标兵""环境最优家庭"等形式多样的评比活动，用身边典型人、典型事教育引导广大群众积极向上脱贫致富奔小康，极大改善了村民们的精神面貌。镇平县肖营村筹资 30 多万元，连续举办了四期脱贫技能培训班，培训贫困户、村民等总计 320 人次，为村民们带来了一场场的头脑知识风暴。下一步，工作队要持续提升扶志工作的力度，帮助贫困群众转变思想观念，学习职业技能。

五是抓好环境促提升。要持续帮助实施贫困村提升工程，提升村容村貌、户容户貌、精神面貌。配合建设好路水电气网等基础设施和教育医疗文化等公共服务设施。开展农村环境、卫生集中整治行动，使农村环境面貌焕然一新。

强化保障解难点　推进驻村帮扶工作提质增效

记者：脱贫攻坚进入攻坚克难期，有一些硬骨头需要啃，省市场监管局将如何进一步强化保障，推动驻村帮扶再上新台阶？

马林青：近年来，驻村帮扶工作取得积极进展，但越到后半程，脱贫攻坚中的一些明显短板弱项就越突显，这就需要我们持续加大保障力度，把严的标准、实的作风贯彻脱贫攻坚全过程，坚持问题导向，向深度重度贫困聚焦发力、向产业扶贫和增强内生动力聚焦发力、向退出精准度和满意度聚焦发力，凝心聚力，真抓实干，高质量推动驻村对口帮扶工作。

——进一步加强组织领导。根据省市场监管局机构改革进展情况，我们进一步调整了省局驻村对口帮扶工作领导小组，由我任组长，唐远游局长任常务副组长，其他党组成员、领导班子成员任副组长，机关处室和直属单位负责人为成员。领导小组下设办公室，办公室成员由人事处、科技和财务处、机关服务中心负责人组成。实行局领导包村责任制和局领导驻村办公制，以实地解决突出问题。目前局里已经拿出了具体入村时间安排，正在抓好落实。

——进一步加大资金投入。驻村帮扶工作离不开资金的投入和支持，省市场监管局十分重视对帮扶村的资金扶持，并通过多种形式带动社会资金投入到脱贫攻坚战中。下一步，在省局本级资金投入部分，我们将统一加大资金支持力度。同时将高度重视驻村工作队员的福利待遇保障工作，给驻村工作队员的保障要优、待遇要好、服务要到位，让他们没有后顾之忧地全身心投入帮扶工作。

——进一步落实项目建设。脱贫攻坚，产业发展是关键，省市场监管局高度重视扶贫项目的开发、引进和落实，经过驻村帮扶工作队的努力，7 个帮扶村均落实了一批富民项目，目前还有总计 53 个在建项目。驻村工作队务必高质量加快推进，确保按时完成建设任务。同时，我们将进一步加大与银行等领域的协调工作力度，深入推进"政银合作"项目的开展，以精准破解乡镇企业融资难、融资贵等问题。

——进一步提升服务水平。每个驻村帮扶工作队和每名帮扶干部都要以"困难面前有我在、我的面前无困难"的魄力，直面挑战、克难奋进，把实事求是、求真务实作为政治标准，力戒形式主义、官僚主义，提升服务水平，提升工作效能，确保脱贫工作务实、脱贫过程扎实、脱贫结果真实。要围绕落实"两不愁三保障"，扎实开展入户走访工作，向贫困群众宣传好党和国家的政策，鼓足大家的干劲，树立起先进典型，掌握村情村况，好事办好、实事办实，让我们的工作得到群众的支持。

——进一步强化关心爱护。对奋战在脱贫攻坚一线的驻村第一书记和帮扶队员，省局将更加注重关心他们的生活、健康、安全。对在基层一线干出成绩、群众欢迎的干部，省局将更加注意培养使用，尤其是表现突出的第一书记、驻村队员，局里要打破常规、大胆使用。对那些畏苦畏难、敷衍了事的扶贫干部，要加强教育管理，该撤换的要及时撤换，该问责的要坚决问责。

——进一步加强督查考核。省局脱贫攻坚领导小组办公室将全面加强对驻村帮扶脱贫攻坚工作的进程跟踪、信息反馈、督促检查、考核评价等工作，特别是要加强对资金投入、驻村帮扶、项目实施、减贫成效等方面的监督检查，确保真帮实扶、精准脱贫。同时将继续强化对第一书记、驻村干部的监管考评，确保人在岗、心在岗、工作在岗，以切实提升帮扶工作开展水平。

脱贫攻坚责任重大，使命光荣。省市场监管局将认真落实中央和省委、省政府关于脱贫攻坚驻村对口帮扶工作的系列要求，不忘初心、牢记使命，振奋精神、攻坚克难，凝心聚力、狠抓落实，奋力推进脱贫攻坚驻村帮扶任务落地落细，确保脱贫攻坚取得新的更大实效，为进一步提升全省"三农"工作水平、全面推进乡村振兴战略和中原更加出彩贡献更多市场监管人的力量，以优异成绩向新中国成立70周年献礼。

（发表于2019年6月3日《河南日报》）

刁河村的扶贫故事

一

豫南邓州刁河村，因刁河穿过村庄而得名。河水清纯甘甜，蜿蜒东流，滋润着祖祖辈辈生活的那片沃土。

驻村第一书记李怀琛站在这片沃土上，放眼望去，只见文化广场上，新组建的舞蹈队队员们在翩跹起舞；党员活动室有人在潜心学习新党章；民俗文化室、电脑室、阅览室里不少人在网上冲浪或博览群书；健身场馆里，有人擦着汗在运动健身；新修的柏油路乌黑发亮，高耸的路灯"一"字排开；村南的一洼太阳能光伏发电板蔚为壮观。

还远不止这些，他能如数家珍地说出村里一年多来翻天覆地的变化。

成立了养羊专业合作社、餐饮行业协会，打造了特色餐饮产业，引进了中药材育苗企业和果酒加工企业，举办了危房改造、"七改一增"、教育帮扶、健康扶贫等活动，先后为村里组建了寺管会、红白理事会……

看到这一个个喜人的场景，他感慨万千，这是一年来驻村工作队和"两委"班子没日没夜地辛勤付出，加上先后协调160多万元的各类建设资金，才结出的累累硕果啊！

二

那是 2018 年 11 月 8 日，他想起一年前的此时，一大早，他就出发，赶往扶贫村。他虽然怀揣着那颗对农村父老念念不忘的初心和一份沉甸甸的责任，但还是感到忐忑不安。村里的情况怎样？班子团结不团结？一连串的问号在他的脑海里萦绕。与此同时，妻子无奈的叹息声，刚上幼儿园的大儿子不舍的央求声，八个月大的二儿子的哭声，和着这些思绪，让他的心情五味杂陈。

车子奔波了四个多小时才从郑州赶到了刁河村，一下车，碰了一鼻子灰。

简短的见面会，相互还没来得及熟悉就散会了。准备去乡政府食堂吃午饭，临走时，他主动喊着村支书一起去。面无表情的村支书朝他甩了句："咱级别不够啊！"说完扭头去村部办公室了。

　　这个新官上任的三把火还没烧起来就被泼了一瓢冷水。李怀琛回想自己走过的路：家里祖祖辈辈都是农民，自己对农村、农业有着深厚的感情。也没少受国家的帮扶和培养，上大学那年县里还资助 500 元的路费；大学期间，他作为贫困生，学校给他安排了勤工俭学岗位，批给他助学贷款；他还光荣地入了党。

　　到省某监管部门工作后，他不忘回馈社会报党恩，踊跃报名当爱心志愿者，积极与贫困户结对帮扶，每次都感受到贫困村民期盼的心声，这让他久久不能平静。他与妻子沟通想法："我想帮助农民兄弟姐妹做些力所能及的事。""遵从内心，想去就去吧，我就是拦也拦不住啊。"妻子既支持又无奈地说。

　　党的十九大胜利召开，党中央发出坚决打赢脱贫攻坚战的号召，作出让贫困人口和贫困地区同全国人民一道进入全面小康社会的庄严承诺。

　　当时，他热血沸腾：我要到贫困地区去，帮助他们解决贫困！这掷地有声的愿望最终变成了一份向党组织递交的郑重申请书。

　　想到这些，他释然了，这点小挫折算个啥嘛！

　　午饭后，为李怀琛送行的领导们都回去了，他和工作队员留在了村里。

　　既来之则安之。李怀琛把行李放下收拾铺盖，把随身带来的两本书《习近平的七年知青岁月》和《摆脱贫困》放在床头。

案头摆放着一份刁河村的现状：全村耕地 2500 亩，人口近 4000 人，40%是回民；贫困户 52 户 146 人，分散在 5 个自然村，12 个村民小组。

怎么办？从哪儿下手？

他想起习总书记在讲话中引用的一句古语：治政之要在于安民，安民之道在于察其疾苦。

没有调查就没有发言权，走，先到村里转一转。

刁河下雪了，雪花在寒风中漫天飞舞，冻得人们伸不出手。

走在坑洼不平的土路上，来到一户贫困户，家里的房是土坯做的，上面是小青瓦，房顶已经四处"走光"，常年受雨水的淋浸，摇摇欲坠。

一位年过七旬的老人，就住在用篱笆围成的羊圈边，四边用树枝支撑着用化肥袋与废弃宣传标语布缝制在一起的顶棚，盖着一床看不出颜色的粗布薄棉被。

"大爷，咋住这儿啊？"

"怕羊丢，住一块儿放心。"

他越走访心里越沉重。刻不容缓，顾不了恶劣天气，他立马带领队员进了城，置办保温、取暖设施，解决燃眉之急。

廉不言贫，勤不言苦。等采购完取暖物品，回村的路已经被大雪覆盖，车不听使唤，碾轧上去直打滑，一看表已经晚上

8 点了。

队员们饥肠辘辘，提议："书记，先扒口饭吃？"

"送完东西再吃吧，咱们要赶在困难群众睡前把东西送到家里。"

他们深一脚浅一脚地来到了村口，敲着一对儿 80 多岁的失独老两口的门，问："老大爷，还没睡吧？"天冷，老人已经偎在被窝里了。咚咚的敲门声，没有引起老人的注意，伴随着狗吠声，老大爷拄着拐杖小心地打开了门，看到他们站在门口，怀里抱着棉袄、棉帽、棉手套、电热毯，一脸惊讶。李怀琛说明来意后把物品放在床前，赶紧为老人家把电热毯铺上。老太太蹒跚地走到李怀琛跟前，紧紧攥住他冰凉的手，感动得泣不成声："感谢你们，感谢党啊！"

隆冬时节，一双紧握的手让这个初来乍到的"第一书记"感到如此温暖，一句感恩的话让他觉得与群众之间是如此亲近。

送完物品回到村里住所已经是深夜 11 点多了，外面大雪依然纷飞，他蜷缩在冰冷的床上，脑海里播放着白天经历的一幕幕，心里像揪着一样。

他再也睡不着了，翻看床头的书籍和村里的各种统计表，一页一页地细细研读。不知不觉，一缕曙光洒向了宿舍。

三

火车跑得快，全靠车头带。要想打响刁河扶贫翻身仗，第一书记就要当好这个"火车头"。

春节上班第一天，他天不亮就上了高速，直奔刁河。车刚停稳，就风尘仆仆地给大家拜年去了。外面传来此起彼伏的鞭炮声，年味正浓。

桃李不言，下自成蹊。这回村支书孙光辉受感染了，他思忖着，人家大过年的不与家人团聚，跑过来看望村民，图个啥？看来这个第一书记下来扶贫真的不是为了给自己捞点基层锻炼的资历。村支书破天荒地邀请他到家里吃年饭。

刁河又下大雪了。气温骤降，村部水管都被冻住了，李怀琛只好到村民家里拎水喝。邻居见他提着水桶过来，把刚刚用热水烫开的水管让他先接，用不容商量的口气说："李书记，今天必须得在俺家吃个热乎饭哪！"

第二天，驻村书记做饭不便的消息不胫而走。张大婶把热气腾腾的大花卷送来了；马大娘把自家刚出锅的包子送来了，嘱咐："趁热吃啊！"

多么朴实的老百姓啊，李怀琛的眼睛湿润了，能被群众当亲人，还有什么比这更幸福？

他常说，在村里，扑下的是"身子"，提升的却是在百姓心目中的"位子"。能丢的是省里来的架子，不能丢的是"密切联系群众"这个法宝。他与村里群众同吃同住同劳动，和乡亲们打成一片。日久见人心，如今，愿意和李怀琛拉家常的多了，不断有老乡邀请去他家里吃饭，还有群众送来了感谢信，真心欢迎他驻村帮扶。

"能用众力，则无敌于天下矣；能用众智，则无畏于圣人矣。"李怀琛一边找群众座谈，一边召开支部会分析研究民情社情。一段时间的深入体察，让他意识到，要想开展好驻村帮扶工作，只打感情牌还远远不够，关键要提升党组织凝聚服务群众的能力，推动刁河党组织在重大任务中发挥作用。

为提高"两委"干部的能力水平，他定期组织村党支部召开"三会一课"，每个季度为村干部讲一次党课；建立乡村人才档案、退伍人员档案、流动党员联系微信群等，鼓励支持村干部、党员带头创业致富，定期加强村干部廉政警示教育学习，以党建高质量保障脱贫攻坚高质量。

班子建设日见成效。"两委"班子换届是最烫手最棘手的，他发扬民主，充分发挥支部堡垒作用，选举换届顺利进行；建党节前夕，支部被邓州市委评为"四星级党支部"，搭档孙支书被评为"五星级共产党员"；抓党务之余，他笔耕不辍撰写体会文章，《1+1>2，共当致富奔小康的"带头人"》，还在省级杂志上发表呢！

脱贫攻坚，精准是要义。他请教过专家，查阅了大量的网络、书刊资料，他发现刁河的地理位置、气候环境、土质条件都不错，适合发展绿色养殖、种植。

没有产业的发展，就没有稳定的收入；没有稳定的收入，就没有稳定的脱贫。李怀琛恍然大悟，在刁河，抓特色产业不就是精准扶贫项目嘛！

对！就搞养羊、特色餐饮、种药材，发展庭院经济，以大户带动散户，小投入大产出，逐步扩大规模。

李怀琛第一时间把自己的想法向上级汇报。省局领导非常支持，专程赶来村里调研，要求把养羊的每一个环节了解清楚，特别在防疫、羊羔繁殖、饲料供应、销售等环节做通做实。

有了上级的大力支持，投资 65 万元、占地 8 亩的规范化羊场很快建成了，内设有繁育、防疫、消毒、饲料等场所。一期选择了 6 户贫困户，养殖规模 200 只。

李怀琛粗略地给农户算了一笔账，每户养 30 多只，每年出栏两次，可实现稳定收入 2 万元。

刘应龙是普通农户，家里养了 17 只羊，得知工作组要扶持村里建设养殖合作社，动了心，他问李怀琛："李书记，不是贫困户能不能加入合作社？"

李怀琛信心满满地告诉他："共同奔小康，一个都不能少！这个合作社的大门朝全村敞开。下一步，我们还要与大型企业签订品种羊羔繁育协议，与省市畜牧局联系专业防疫，与大型餐饮单位、商超签订养殖供应订单，相当于上了三道保险，放心地加入吧，错不了！"

村上贫困户多年想办而未办或没钱办的大事，一直困扰着李怀琛。为从根本上解决大额开支，由李怀琛挑头，村"两委"班子齐上阵，"化缘"过来帮扶资金 20 多万元。

资金有的放矢。2 万元用在了高群耀家的房子翻新重建；2 万元用在陶光臣家的房子翻新重建；1 万元用在了张才立家的房顶现场浇筑；张彦斌家的电路也改造完毕了，张新泽家大门口的门头危险也解除了，孙本建也可以安心外出打工了。78 岁高龄的张青云老人坐在崭新、舒适的藤椅上，饱含深情地对帮扶人说："赶上好时代啦，日子越过越幸福！"

授人以鱼，不如授人以渔。他决定在扶志、扶智上下功夫。

两条省道在刁河村交会穿过，有地理区域优势。李怀琛瞅准了这一"商机"，他一家一家地了解路两边零零散散几家自发形成小餐饮店的情况，得到的答案是：设施简陋，餐饮安全得不到保障。

这不怕，自己正是食药监管行业出身，进行综合整治提升轻车熟路。经过他不厌其烦地给商户讲解《食品安全法》《"三小"条例》，扭转了商户对法律法规模糊认识的现象，趁着村里想方设法争取的整改经费，很快把村里部分餐饮业进行提档升级，打造刁河村特色餐饮一条街。现在，来餐馆消费的人络绎不绝。

年关来临，上上下下来村里慰问的多了起来。李怀琛更忙，一连两三个星期把回家的事抛在脑后，妻子打来电话："再不回来，孩子都快把你这个爸爸啥模样给忘了。"李怀琛自责地拍着脑门："回，回，这就回去。"

大雾，高速封了，只好走普通公路。地面湿滑夹着薄冰，在一个弯道处险些被大货车突然超车的惯性气流带进路边的深坑里，李怀琛吓出一身冷汗。300 多公里的路程，走走停停，开了整整 12 个小时，到郑州天已蒙蒙亮。

念儿心切，鞋都没换径直跑到二儿子床边。许多天没有见到爸爸的二儿子，一时想不起来爸爸是谁了，一双大眼睛直勾勾地看着，足足有十来秒，身子往奶奶怀里藏。儿子不认识爸爸了！

一刹那，李怀琛感觉自己亏欠家人太多太多……

（发表于 2019 年 4 月 11 日《河南日报》）

携家扶贫的第一书记

一

家家麦饭美，处处菱歌长。

芒种时节，布谷鸟儿清脆悦耳的歌声叫醒了凉水泉村的清晨。

黎明的曙光洒向满山遍野那刚刚透绿的秋苗，金色的麦茬儿若隐若现，似乎仍在诉说着丰收的喜悦。

村头箱包扶贫车间缝纫机马达的轰鸣声，扫把车间捆扎高粱毛子的噼啪声，党建文化主题广场三五成群的老年人娓娓的唠嗑声，奏响了一曲脱贫攻坚奔小康的幸福赞歌。

凉水泉村，一个山清水秀，宛如世外桃源的小山村。谁承想，党的脱贫攻坚的春风还没有沐浴到这个豫南镇平县的"省级贫困村"之前，全村三分之一的人口还世世代代过着苦日子呢。

党的十九大胜利召开后的秋冬之交，省派第一扶贫书记王多义，迎着刺骨刮脸的山风，站在村里7600亩山坡地、795亩耕地跟前，百感交集。

他深知这是一项艰巨的政治任务，如果没有坚定的理想信念，没有扎根乡村的政治定力，很难打赢这场硬仗。组织上找他谈话，让他做好充分的思想准备，他毫不犹豫答应下来，并向组织立下军令状：脱贫攻坚，带领全村奔小康，不获完胜决不收兵！

赤诚忠厚的王多义，未言爱笑，平时总是给人一种"困难面前有我在、我的面前无困难"充满正能量的踏实感，"踏实"也是他常挂在嘴边的一句口头禅。

天下大事必作于细。王多义撂下行李，一头扎进村里，不辞辛劳，翻山越岭走村串户，挨个到建档立卡的76户贫困家庭了解民情，田间地头经常看到王多义与村民拉家常的身影，他忙碌地核实数据，记录人员致贫状况，了解乡土风俗。渐渐地，手头积累了宝贵的第一手资料。不知不觉中，从部队带回来的军用胶鞋磨破了好几双。正是这种对扶贫工作的坚强韧劲儿和拼劲儿，让他渐渐走进了老百姓的心里。正像习总书记所说："脚下沾有多少泥土，心中就沉淀多少真情。"

几十个日日夜夜的摸排，得出一个结论：村里上上下下困难重重。14个自然村1100多乡亲散落生活在不足6平方公里的山区里，交道闭塞，原始的羊肠小道萦绕在山岭之间，村"两委"组织能力薄弱，村里没有集体经济，到村部反映问题的群众接二连三，争当贫困户的怪现象见怪不怪……

开弓没有回头箭。自己是一名久经磨炼的老兵，若见困难绕道走，不是他一个久经磨炼的老兵风格，这时候绝不能当"逃兵"。

二

王多义有两个来月天天和村干部泡在一起，调研最贴近凉水泉实际的脱贫路子。猛然间，他想家了。

平日里，王多义把家揣在心底深处，偶有闲暇，才拿出来镀上一层思念，留下一分愧疚。一下子牵挂起家人来，竟不知如何是好，堂堂七尺男儿，也会泪水沾襟。

妻子身体多病，提前退休，女儿远在沈阳医学院上大学，四位双亲已去世两位，年过八旬的母亲、岳母体弱多病，轮流跟他们一起生活。一会儿也离不开人手的时候，他这个顶梁柱偏偏不在家。

怕啥来啥，王多义唯恐有什么闪失，还是没躲过"墨菲"来袭。爱人突然打来电话，说两位年迈的母亲旧病复发，先后住院。她照顾自己还略显勉强，一下子躺到医院两位老人，快撑不住了。

电话那头，妻子难为地伤心哭诉，电话这头，王多义的心都揪碎了。

"爱平，你受累了！再坚持坚持吧，我看能抽空了，回去替替你。"王多义既无奈又心疼地敷衍着妻子。

"一寸丹心图报国，两行清泪为思亲。"一边是至亲至爱、多病受难的妻子和两位老母亲，一边是贫困的父老乡亲渴望的目光和自己肩上那沉甸甸的责任。哪边能放下？哪边都放不下啊！他陷入了两难的抉择……

自古忠孝难两全。咋办？王多义思前想后，衡量来衡量去，犹豫不决了两三天，他想出一个忠孝双行的主意：把家搬到村里。

把家搬来的确是两全之策。但，转念一想，这个"忠孝两全"的背后是接踵而来的顾虑：身处婆媳、母子、母女、亲家、祖孙等多重关系叠加的亲情中，他们会同意吗？山区条件这么艰苦，他们生活能适应吗？俩娘亲能和谐共处吗？王多义又一次陷入了极大的矛盾之中。

其实，王多义考虑更多的是自己从军 22 载，欠下孝敬双亲半世情缘，而今留给自己尽孝的时日已不多，实在不想留下更多的遗憾。他坚信，唯有"孝心"才是稳固家庭、融洽亲情和爱情的通行证。

王多义忠孝当头。他一面苦口婆心地劝两位母亲，一面耳提面命地哄老婆、孩子。在他的软磨硬泡下，一个个思想做通了，王多义长舒了一口气。赶紧在村部后山脚下租了个闲置宅院，简单拾掇拾掇，便成了他们的"新家"。就这样，他真的凭着一腔真情，成功把家从省城郑州搬到了偏远的小山村安顿下来了。王多义三句话不离军人习性，戏称：这叫步步为营。

母亲叮嘱王多义："儿啊，咱既然家都搬到这儿了，你就安心干吧，多给村里办好事。"

"遵命！"他憨厚又略显狡黠地应允着母亲。

春节将至，依稀能听到村里断断续续的爆竹声，放寒假的女儿在回家的路上，一家人准备在"新家"过年团聚。

女儿坐火车转汽车，辗转几千公里，从沈阳到郑州、到南阳，再到县里镇里村里，风尘仆仆的总算走进了这个山脚下陌生的家。她惊讶地看着奶奶、姥姥忙碌收拾着年货，看着爸妈正在为她张罗的一桌热气腾腾的饭菜，还有家里陈旧、简陋的家具，环视着院里养的小鸡、小狗，空地里新种的过冬的小菜苗……

女儿一下子扑到了妈妈怀里，呜呜地失声痛哭起来："妈，俺爸这是咋了？把咱一家，搬……搬……到这个穷山沟？这年怎么过啊！"

一家人眼里噙泪，王多义低头不言。

有人不解地问他："多义，你在省直二级单位副职当得优哉游哉的，现在携家带口，跑到这穷山沟里受累，难道部队的苦还没吃够？你究竟为了啥嘛？"

"祖国为实现两个'一百年'梦想，举国奋战脱贫攻坚，咱就不能举家去扶贫？再说，为山沟里纯朴的父老乡亲尽一个党员的忠诚，为了年迈的双亲尽一份孝心，积德行善，心里踏实。"他平静而淡然地回答着。

铁打的汉子也有累倒的时候。王多义在村里没日没夜地忙项目、抓党建，成绩一天一个样，没有辜负老娘的嘱托。老人天天等他回家吃饭，喜欢听儿子讲村里的扶贫故事。

一天夜间，老娘不幸栽到床下，手腕骨折、两臂受伤，痛苦呻吟，同屋的岳母拉不动她，王多义听到动静，赶过去慌忙与妻子合力把老娘抱到床上，心疼得直掉眼泪。

三个月卧床不起，王多义临事不乱照料老娘的生活起居，不是抱着就是背着，细致入微；一日三餐，一勺一勺地喂饭。废寝忘食为公，殚精竭虑为娘，直到老人基本能自理，他终于支撑不住，累倒在老娘的床前。女儿慌忙急救，一测老爸的血糖值：$3.1\ mmol/L$，体征状况差得吓人。女儿怀疑测得不准，再测测奶奶的，结果 11 点多。女儿流着泪不停地摇头叹息："一家都成病人了！"

三

在一次对口帮扶工作汇报会上，单位领导勉励他："要用心用情用力做好帮扶工作，以帮扶工作的精准度提升群众的满意度，以帮扶干部的责任感提升群众的获得感。"

王多义深切感受到领导嘱托的这两个"以"的分量，话虽不多，却蕴含着习总书记那殷殷的"脱真贫，真脱贫"的初心哪。

"组织信任我，把我放到凉水泉，我就得是一座堡垒，一座灯塔。"王多义说话掷地有声。他暗下决心：不能辜负组织重托，坚决打赢村里这场脱贫攻坚战。

他准确领会了上级意图，把目光瞄向了精准产业扶贫上。他思忖着，"化缘"来的扶贫资金再多，花一个少一个，"授人以鱼，不如授人以渔"。产业扶贫才是"造血"扶贫。

万事开头难。考察选择项目，他告诫自己，一定要博观而约取，不能盲目上马。选不准，劳民伤财；选准了如果没有市场发展后劲儿，自己成为村里的历史罪人不说，关键是把村里的老百姓坑苦了，与其这样，还不如不搞。

王多义看着七八千亩的山坡地，在种植产业上动了心。前任第一书记就是在专家推荐下，引进了一小批集经济价值、观赏价值为一体的南方树种——光皮梾木，设想，既绿化荒山，又有产值。

王多义不放心，专家的一面之词毕竟是建立在理想生长环境下的，扩大规模，有多大的可持续性？自然条件、硬件设施有多大的胜算？带着这些问题，他几次三番带着村干部上山实地考察。果不其然，这种树木 3~5 年才结籽，可榨油食用，但周期太长，老百姓等不起。责任组长赵红梅说，村里严重缺水，尤其是山坡地，基本靠天吃饭，一旦旱起来，干着急使不上劲，树苗长得更慢，甚至会干枯而死。

有人还向王多义推荐了建吉他厂项目。他思考半天，提了几个问题就把推荐人问住了。吉他是精密乐器，生产技术要求极高，咱们产业是要有带贫功能的，村里的贫困户一时半会儿能掌握乐理知识和制造工艺吗？再说，做吉他要有上乘木材，咱山坡上长的小型灌木、藤木居多，不能就地取材，无疑就提高了生产成本，不像兰考县，有大面积的泡桐，做古筝的好木材，所以，人家的古筝产业能远销到欧美。随后，这个预案也不了了之。

事必有法，然后可成。考察一个好项目，让老百姓接受不能靠耍嘴皮子，必须真刀真枪。刚开始，连带村干部外出考察的经费村里都拿不出来，王多义把自己仅有不多的办公经费贴补出来，为的是能取到产业扶贫"真经"。

经过几轮的考察筛选，王多义最终把考察的重点落到了保洁工具生产上了。他偶尔听说在南阳市附近有一个村，全村都是家庭作坊做笤帚，全家老少齐上阵，农活、生活还两不误。

王多义眼前一亮，受家庭作坊的启发，要是把这个发家致富的门路创造性地办成"发村致富"的产业扶贫车间该有多好？眼下，农业都机械化了，村里剩余劳动力多，老人多，把他们组织起来正当时。

　　说干就干，王多义风风火火向上级汇报筹建方案。把准备生产吉他的扶贫车间，改用于生产笤帚。英雄所见略同，不但神速批复，还给予资金倾斜。县委李书记特批50万元用于项目启动，15天时间，就开工上马了。

　　捆扎扫把是个手工细活，有一定的技术含量。为了让更多贫困户群众掌握技术，王多义他们高薪聘请笤帚世家传承人王师傅到车间，手把手地教大家。想学的人多，一个人照看不过来，王多义劝他把家也"搬"到村里，一家人当教练挣钱。王师傅被王多义的真诚所感染，果真举家来村里助贫。一家手艺人忙得不亦乐乎，从早忙到晚，教者耐心，学者细致，眼瞅着培训效率大幅度提高。

　　小扫把，大民生。王多义向前来参观取经的社会团体、组织自豪地介绍着车间三大功能：一是经济有收入，七八十的老年人都可以干，自己挣钱自己花，减轻子女们的负担。仅此一项年收入过万轻轻松松的，远远超过脱贫标准。二是解决孤寡老人、五保户的情感孤独问题，在车间闲不住，老人们拉拉家常讲讲笑话，不再孤单了，而且有钱可挣。72岁的宋梅荣、80岁的康天喜老人，是五保户，手脚不太灵便还月收入500多元，说这么多零花钱咋花都花不完，高兴得逢人便夸党的政策好，王书记领导得好。三是政策宣讲阵地、信息交流场所，车间人员集中，村里有个啥事，到车间一说就解决了，也有利于集体主义、集体观念的培养，更有利于群众之间的团结合作。

县里召开"县委书记、镇党委书记"产业扶贫现场会，让他介绍经验，县委李书记高度赞扬了凉水泉村的做法，考察到位，选项精准，利村利民，鼓励全县学校支持村里的扫把产业。一位副省长莅临该村考察指导脱贫攻坚情况，给予了肯定和鼓励，称赞他干了一件了不起的民生工程。

不谋全局者，不足以谋一域。车间发展势头兴旺，王多义没有沾沾自喜，而是居安思危，他把产品生存活力聚焦到谋长远发展上。"产品能持续发展是核心，市场不能依附于政策照顾，产品多样化、规模化、精细化，市场才能多元化。"他自信地说。

四

奋战两年来，王多义感受最深刻的是：抓村民的思想认识和集体意识最关键，也是抓党建工作的出发点和落脚点。

不比不知道，一比吓一跳。王多义每年组织村干部、党员外出学习，开阔了思路，提高了认识，尤其是到濮阳大石岩村，参观贫困村建设和发展，集体意识得到了增强。

趁热打铁。回到村里，紧锣密鼓打造脱贫攻坚讲习所和党群服务中心阵地。规定每周五上午召集贫困户或群众，积极开展干部进所讲政策、专家进所讲技能、能人进所讲经验，乡贤进所讲道德等"四进四讲"活动。一年下来，举办了50多期。王多义欣喜地发现村民的素质在悄悄地发生变化：争当贫困户的、相互攀比、扶贫领域争利益的、发牢骚的、老赖现象基本消失了，意见户明显减少，传统落后思想得到了根本性扭转，集体意识回来了，道德观念提升了。王多义在述职时，总结村里变化如数家珍，完善基层功能和场所，成立了党群服务中心、军人服务部、民事调解中心等。老百姓听得会心入神，不住地频频点头。

王多义又一次"趁热打铁"，利用"七一"党的生日，渲染党建教育氛围，集中党员重温入党誓词，强化党员观念，增强党性意识。表彰一批党员，起到了表扬、鼓励、激励、监督的示范引领作用。

战地黄花分外香。凉水泉村昂首阔步走出了贫困村的行列，人均年收入达7600元，贫困发生率由过去的20.8%降到现在的1%。脱贫攻坚战场上，盛开着鲜艳的花朵——"最美扶贫干部""脱贫攻坚先进个人""优秀驻村第一书记""脱贫攻坚先进村""先进党支部"，把王多义那张忠厚坚毅的笑脸映得那么光彩灿烂。

（发表于2019年8月1日"群华纪事"微信公众号）

奋战在扶贫攻坚第一线的军转干部

——新蔡县栎城乡张庙村驻村第一书记顾新伟侧记

8月1日上午，新蔡县骄阳似火。栎城乡张庙村两个忙碌的身影穿梭于村子里，慰问该村参战老兵、伤残军人、复退军人及现役军人家属，为他们送上了米面油等生活用品。

这两个人，一位是该村驻村扶贫第一书记顾新伟，另一位是村党支部书记王彦锋。

顾新伟，一位有着20多年军旅生涯、对军人有着特殊情结的军转干部。2015年5月，他服从组织安排，转业到地方发展，被安置到了河南省社会保障局工作。今年，省社保局选派干部驻村，他踊跃报名。

作为农村走出来的干部，顾新伟知道农村条件艰苦，农民生活困难。他对农村有着别样的亲近和感情，报名参加驻村扶贫，也是他回馈乡村养育他成长的纯朴初心。

永葆军人本色 扶贫路上动真情

军人出身的顾新伟，干事雷厉风行，而且善于用知识武装头脑。为尽快适应第一书记工作任务和工作环境，他认真领会中央和省里有关精准扶贫的系列重要指示精神，刻苦研读《摆脱贫困》等书籍。

顾新伟告诉记者："扶贫，就要'吃透'精神，要与省厅、省局领导来村里帮扶调研时提出的具体指示要求形成'混合动力'，强劲助推第一书记本职工作，尽早成为村里扶贫攻坚和乡村振兴的组织者、引领者、推动者。"

5月中旬，河南省人社厅副厅长、省社保局党组书记、局长郑子健，深入张庙村、莲藕基地合作社、兴胜达箱包扶贫车间等扶贫联络点专题调研扶贫攻坚和驻村帮扶工作时明确要求：一是脱贫攻坚基层是依靠。要紧紧依靠乡党委和村"两委"班子，抓住国家乡村振兴战略发展机遇，深入调研，每项建设要紧贴农村实际，让百姓认可，经得起检验，通过美丽乡村建设，切实改善村里的人居环境。要建立工作台账，月有计划，季有目标，年有规划，一步一个脚印抓落实。二是对口帮扶省厅是后盾。单位是坚强的后盾，要积极发挥省厅在转移就业、农民工返乡创业、社会保障等方面优势，充分利用所掌握的信息资源，想方设法帮助村民就业创业。三是发家致富村民是支撑。要支持和鼓励村里有技术和资金的人创业，做大企业先富起来，吸纳现有村民以及外出务工人员返乡就业，使村民不出村就能挣到不薄的收入，提高村民的幸福指数。

顾新伟奔着"文化扶贫、智力脱贫、青年助力、工会温暖"的目标任务，一心扑在工作上，甚至连父亲在省人民医院做手术都没时间回去看望一下。他说："要想在人民群众心中争取一席之地，就得撸起袖子加油干！"

发挥基层党建优势　激发党员带头干事创业

群众要想富，关键看支部。为此，顾新伟立足"建强基础组织、推动精准扶贫、落实基础制度、办好惠民实事"四项工作职责，积极指导村党支部定期召开"三会一课"，组织开展"两学一做"系列教育，引导"两委"班子成员转变观念，提高党员们的政治思想觉悟，激发村"两委"班子干事创业的劲头，树立起抢抓发展机遇、提高脱贫致富热情的思想，尤其是注重调动村党支部书记的积极性，实现驻村第一书记与村支书 1+1>2 的效应。

为锻炼培养村"两委"年轻干部，提高他们的工作能力，顾新伟提出了"抓学习、抓团结、抓关键、抓落实，争做服务员、宣传员、领航员"的要求，并鼓励村干部、党员带头创业致富，充分发挥基层党组织的战斗堡垒作用和党员先锋模范作用。同时，定期组织学习廉政要求及相关文件，加强村干部的廉政警示教育。

顾新伟为改善党建硬件条件，从第一书记办公经费中拿出专项资金，完善了党员活动室设施，打造一个党员带领群众谋事创业的智慧环境；改建了村便民服务大厅，村干部轮流值班接待来访群众，拉近了党群之间的距离。一分耕耘，一分收获，短短几个月的时间，群众敢向"两委"说贴心话的多了，乱发牢骚、怨声载道的少了。

为村民量身定制"扶贫、创业、创新"三部曲

产业发展是脱贫致富的稳固支柱，顾新伟坚持"科学扶贫，先富帮后富，同奔小康路"扶贫理念，他的目光瞄准了张庙村的特色产业——箱包、莲藕产业。

返乡创业青年薛源源利用在杭州打工做箱包设计加工多年的经验，在村里投资建厂，运营势头良好。他到村后第一件事就是去扶贫车间，看到车间很有发展潜力，就给村民量身定制了"扶贫、创业、创新"三部曲：第一步，夯实基础。用薛源源的技术和业务资源，带动40名第一批入车间村民，手把手教他们制作代加工箱包。短短两三个月里，产品合格率由刚开始的70%上升到了现在的95%以上，人均月收入2500元左右。第二步，自主开拓。在技术成熟、员工稳定的基础上，自

己研发设计生产箱包品牌，走外贸商业路子，增加利润。第三步，扩大规模。在原有 1000 平方米厂房的规模上，再适当扩建厂房、仓库，吸收本村更多的村民，让他们在家门口就能挣到钱，过上好日子。

箱包扶贫车间有一块醒目的标语牌：向贫困宣战，一起动手创造幸福美好生活！这也映衬着村"两委"脱贫攻坚的信心。

300 亩的莲藕基地，碧波荡漾，一派欣欣向荣的景象。顾新伟初来乍到，详细了解了莲藕产业发展趋势，为进一步推进流转农田集约化规模种植进行了可行性论证。目前，每户参与村民每年有 1000 元的收入。顾新伟没有停留在这个保底收成上，他与王彦锋商议，拓展基地产业。一是增加莲藕新品种——水果藕，提高产品吸引力；二是在藕塘里套养鱼虾，在网笼里养小笼虾、大池里放养爱吃藕叶和水草的草鱼、鲤鱼、花鲢，形成鱼肥水美、绿色环保的生态链；三是联系郑州大学建筑学院设计师，为打造休闲、娱乐、垂钓、餐饮于一体的乡村风情基地设计出规划方案；四是与更多村民联手扩大规模，转型升级为股份制经营。

据不完全估算，仅已实施的前两项附加产业就能为村民增加几十万元的收入。

为扶持箱包和莲藕两大产业，顾新伟在省厅、省局的支持下，为村里争取政策支持和专业、项目培训资金 7 万多元；还为有创业意愿的村民分别申请政府贴息贷款，用这笔资金扶持村里管长远的产业带领群众奔小康。

把农民当亲人　把农民的事当成自己的事

一些家庭因病、因学致贫，顾新伟看在眼里，急在心里。他按照省局提出的"牢固树立站位全局、服务中心工作"的指导思想，首先利用省社保局优势和自己的人脉关系，为村民解决就医困难献计献策，联系解放军第 159 医院给村民义诊。其次，巩固省局开展结对帮扶特困家庭活动成果。根据省局去年制订的专门帮扶规划，对已建立结对帮扶关系的 94 户家庭，做好跟踪服务保障。最后对省局 17 名处级以上干部每人每年自己出资 500 元帮扶的结对贫困学生，做好回访反馈和初高中学校的教务辅导衔接工作。

村民赵国义的老伴患病吃饭困难，在新蔡看了多家医院不见效果，顾新伟走访时，赵国义哭了，他问后得知其家人怀疑病人患的是癌症，随即联系解放军第 159 医院专家，为其免费检查诊治，排除癌症，疾病得到有效救治。赵国义老人逢人便夸顾新伟是个"好支书"。

上个月，新蔡县已成功脱贫摘帽，张庙村去年已脱贫。下一步，顾新伟把工作重点转移到了巩固脱贫攻坚成效上，信心满满地带领张庙村 3700 多名乡亲向全面小康进军。

（发表于 2018 年 8 月 13 日《大河报》）

初心坚守簪子河畔

——退役军人陈铁帮驻村帮扶小记

仲夏时节，布谷鸟清脆的歌声叫醒簪子河村的清晨，立在村头的"美丽乡村示范村"大牌子在阳光下熠熠生辉。

簪子河村位于河南省商城县伏山乡，因村头河流形似玉簪而得名。曾经的簪子河村由于地处大别山深处，村民祖祖辈辈没能跨过簪子河。

3年前，陈铁帮带领驻村工作队走进簪子河村。入伍近20年的陈铁帮曾在中央警卫团服役，见识了首都北京的庄严与繁华；随后回到河南郑州工作多年，目睹了家乡日新月异的变迁。然而，来到村子他才发现，这里与城市好像隔着几个年代。村民们肩挑背扛辛勤劳作，却仍有一部分人在温饱线上挣扎。

土地革命时期，簪子河村家家户户自发照顾红军伤员，甚至为此献出生命。思及此处，一股责任感涌上这名老兵的心头："老区人民无条件支持共产党人打天下，新时代的共产党人不能再让他们过苦日子!"

俗话说,靠山吃山、靠水吃水。簪子河村靠山靠水,却有山吃不饱、有水喝不上。"让乡亲们喝上干净的自来水,把山货卖到城里去!"陈铁帮在村支部大会上立下"军令状"。

第二天一早,陈铁帮召集全村男女老少齐上阵,从悬崖峭壁上的水源地劈山修渠。陈铁帮靠着在部队练就的好身板,带头手搬肩扛沙石水泥,两手磨出层层血泡。经过 3 个多月奋战,一条暗渠托着清泉流向山下的村庄,全村不再为用水发愁。

水通了,还要修路,让乡亲们走出大山。簪子河村地势陡峭,修路材料运输难。为节省开支,陈铁帮带领 10 多名青壮年村民义务劳动,用一年多时间,硬化了 11.5 公里的村组间主干道,修通了通往乡政府的 16 公里水泥盘山路。

"村里的路通了,陈铁帮的头发白了、皱纹深了,驻村驻得真扎实。"村民们无不称赞。

打通了出山的路,村子还需要发展产业自我"造血",才能实现稳定脱贫。簪子河村有茶园 4600 多亩,生长环境无污染,茶叶质量高。但制作工艺和销售渠道却在低层次上徘徊,导致村民收成不高。

好茶就要创品牌。陈铁帮多方筛选,与一家实力强的公司联合成立茶叶深加工公司。他们把村民种植的茶叶进行精细化管理、规模化生产,打造原产地绿色品牌。同时,陈铁帮借势带动村民走合作发展路子，以茶园入股形式发展。产业整合后，每亩茶叶同比增收近千元。

村里有了产业，致富道路越走越宽广。农家乐、采摘园等特色旅游项目如雨后春笋般涌现，村民们还顺势发展起土猪、土鸡、土鸭和天麻、茯苓等特色养殖、种植产业，日子过得越来越红火。

时光荏苒，三个春秋过去，如今的簪子河村成功摘掉国家级贫困村的帽子，实现华丽蝶变。"我没有辜负党和军队的培养，对得起这份初心！"遥望碧波粼粼的簪子河，陈铁帮的话掷地有声。

（发表于 2019 年 6 月 20 日《解放军报》）

第四辑　战"疫"　故事

口罩，口罩，急急急！

2020 年 1 月 27 日晚，听了村干部亚军、文明向我汇报，在村口两个观察点执勤的人员都没有口罩可戴，即使个别的有，也一直戴了五六天了，早已失去了防护功能，按医学标准，口罩用 4 个小时就要更换。

我虽然暂时回不到村里，但了解到这一情况后，也是心急如焚，连夜给郑州工作的同学、朋友、战友、亲戚们挨个打电话。凡是跟医药沾边的，一个不放过，人托人也好，开药店的也罢，能把仓库边边角角找一遍的，全都拜托他们翻箱倒柜，为了 4000 多乡亲的生命安危，顾不了那么多客套话面子活儿了。有的听话味儿也是不多，不舍得给，我就单刀直入，厚着脸皮软磨硬泡。

还真别说，他们看我是为贫困群众"化缘"口罩的，都很给力，多方联系，尽管有的回老家过年了，还是积极想办法，或给自己的上司通融，或卖个人情把"扶贫"压力传导给自己的朋友、同事，当晚能落实的就有 3 位"贵人"哩，加一块儿有五六百只口罩了。

寄口罩，快快快！

2020 年 1 月 28 日，一大早，我就开着车去郑州采购、收集各路朋友们承诺的口罩。

先去了群办路天明路附近，获得了 1100 多只，还有 2 瓶明胶免洗消毒液、1 瓶消毒水。门老板还送了几包口罩给介绍人，说是欠我那发小一个人情，也不收费了。等给我这发小捎过去时，她的小区门已"戒备森严"了，站了好几个保安把守，不好出来，我就从栏杆上递过去了。

回来的路上，与另一个侄女介绍的朋友贾老师联系，按手机导航的路线，一路从北环顺着中州大道向南三环奔去。指定的地点也封了，不敢往里进了，在大路边等着吧。过一会儿，贾老师抱着一个纸箱从她车上下来，递给我，说是只有 300 只了，先用着吧。我说多少钱，给你付了。她说，俺老总交代了，不要钱，算是为你们村扶贫尽点心意。我听了，很受感动。

　　回到屋已是下午了，随便吃两口饭，就连忙急着联系快递公司，顺丰快递服务好，效率高，一会儿就赶到了。虽然没进得去小区（物业保安拦下，说是外来人员不让出入），但也在路边受着冻等着我回去拿寄件，全是电子办公，手续办得很快。真正感谢快递小哥，大过年的也不休息，为客户忙前忙后。

　　口罩终于发走了，连忙打个电话，让村里、乡里接收人注意接收。他们激动得不得了，说，真是雪中送炭啊！

后勤保战"疫"

2020 年 1 月 29 日，今天从五里口郑州黑豹物流园外甥海涛那儿又为村里找到 200 个口罩，回到郑州给快递小哥打电话，说是怕接触客户增加感染风险，不上门收货了。我又开车跑到福元路与未来路交叉口南 300 米路西顺丰物流总部，那儿零星有几个客户，也在寄口罩。办完手续已经快两点了，肚子也咕噜咕噜叫，回去先弄点吃的。

省局王处长说给村里协调解决点口罩，可能是新乡市华西卫材有限公司的工作人员太忙了，等了一天的电话也没等来信儿。后来，王处长打来电话说，明天一定落实。

刁河村的怀琛书记也在关注口罩的事，一天不断跟我联系，问进展如何了，我说还是没有消息。他说，明天开车一早去华西等着去，省局领导也在那儿监管督导呢。我说，你去吧，我在为县里协调采购部分 N95 口罩。怀琛很理解，没再坚持让我同去新乡长垣。

协调的口罩是四川友邦的，是一个知名企业。

还是李莉副县长想得细，让我问问省局医疗器械检验所专业人士，对该产品的生产质量和适应范围做个客观的评判，又让我给镇平县卫健委主任吴鹏汇报，要与不要，让他定夺。

我在微信上给吴主任做了书面汇报，我说："吴主任，给您汇报一下，给咱们协调的预采购的这批 KN95 口罩是四川友邦的，大品牌，一万元的定金下午已付给商家。为了慎重起见，这款产品我让我们省局器械检验所的专业人士看了，他们的意见是：质量没问题，用于一般个人防护也没问题。但，不适合用于医务人员防护，特别是直接与病毒携带患者或感染者接触时使用。请您定夺！"后又电话进行沟通，他了解了情况后，说是可以。后续把产品合格证和报销发票提供好就可以了，我说正规厂家，这些都不成问题。

还有一个好消息，昨天寄的口罩，中午反馈消息已经到了，赶快通知村主任吕文明去取。这之前村治保主任李腾还说口罩已经用完，还好，这下接上茬儿了。李腾说，现在各村最珍贵的东西就数口罩了，都奇缺。

我为县乡战"疫"当志愿者

2020 年 1 月 30 日，当听说朋友介绍的初心贸易有限公司有部分儿童用平面口罩时，我赶紧向副县长李莉汇报，李副县长让跟县卫健委主任吴鹏联系，看是否需要。吴主任电话那头语气迫切，说是县里有五六十万只口罩的缺口，赶快定住货吧。

公司均出来两箱儿童口罩，800 包，4000 只。原打算给县里送去，考虑到交通管控，有可能送去了就回不到郑州了，后续还有些物资需要协调，就让吴主任派车来郑州接货，因为接着就可以直接在高速口调头返回了。工作人员就带车急急忙忙往郑州赶了。

当接货车辆走到郑尧高速禹州段时，公司到了一批成人用平面口罩，竹碳高效消毒型的。经请示，吴主任说那边能给多少咱就要多少。到公司，经多方协商给了 6 件 12000 只（含玉都购 2000 只）。可车上带的货款只够儿童口罩和部分 N95 的，怎么办？又是跟公司商量，先让拉走货，"前线"急需紧俏物资，不能耽误啊，门杰慧经理也非常理解同情，先支援前方急用，货款可暂缓。她说，要不是县政府信用好，不会这样的，因为我们进货都是全款先打给商家的。

面包车装一整车，账算清楚，那边路上接货的就打来电话说快到了。出发！风风火火往郑州侯寨高速口送货。

当我带着面包货车到达时，他们的车已在高速口等了一会儿了，验货，装车，交接签字，很快完毕，调头上高速，火速往镇平赶，那边可是急盼着这批物资哩。

看着他们上了高速，我一看表，快21：00了，肚里唱空城计了，这才想起还没吃饭呢。

为战"疫"献爱心

2020 年 1 月 31 日，突然接到一位自称"初心"的陌生朋友打来的电话，她听说我是药监局的业内人士，觉得靠谱，想托我协调买些口罩、酒精之类的疫情防护用品。

我问她："你咋知道我的电话？"

她说："是俺乡里的一个朋友介绍的。"

"为什么个人突然拿出四五千元钱买东西，家里人需要这么多吗？"我不解地问。

她说："是这样的侯书记，这两天我了解到一个村里干部在一线执勤，防控疫情的防护物资告急，一个口罩都用了三四天了，还不舍得扔掉，听了让人担心不已。我就在朋友圈里搞了个动员仪式募捐小活动，把短短的一小段话发到群里，看看有没有爱心人士愿意伸出手帮农村干部。真想不到，竟有那么多人纷纷响应（截至 2020 年 2 月 2 日，已募集到近万元的善款）！"

"哦，让我看看你的倡议咋写的，竟有这么大的号召力。"不一会儿她把不多的内容发过来了，还附了捐赠者的名单、金额、物资数量。

@所有人：一个口罩，一次助力，积小善成大爱，河南加油，镇平加油！

群里的家人朋友们：鉴于现在乡、村、组、社区干部也是身处防疫工作一线，接触潜在病人多，自身防范意识和防控措施都比不上医生，弄不好很容易变成传染源了。加上现在口罩等医疗物资匮乏，有的村干部一个口罩能戴两三天。现在急需调动社会各界资源共同想办法，共渡难关！

截至目前爱心捐赠名单：

1. 百易素食 100 元

2. 大秦祖传皮肤医用口罩 80 个

3. 段升冉 50 元

4. 心林老师 100 元

5. 不忘初心 150 元

6. 大山爱心粥 2000 元

7. 杨洋 100 元

8. 葫芦丝王果 50 元

9. 李红英 50 元

…………

以上 31 名爱心人士合计捐赠 5070 元。

爱心活动还在继续，组织者一段诚惶诚恐的表白感受，无疑是社会正能量的传承。

她说，再次感谢家人们、各位爱心人士的爱心善举！感觉满满的都是爱！都是正能量！有了第一笔爱心资金，今天下午正式开始联系一次性医用口罩。鉴于现在口罩脱销，产品质量良莠不齐，我们千方百计动用一切资源联系正规厂家的口罩。就怕买到了假冒伪劣产品，辜负了众多爱心人士的一片心意！感觉肩头的责任沉甸甸的！也希望大家能邀请身边有爱心的朋友一起加入我们的爱心团队！祝大家鼠年吉祥，幸福安康！

最可爱的人

疫情是魔鬼，我们不能让魔鬼藏匿

全村 68 名党员站出来了

铸就 68 副热血盾牌，68 把利剑

闻令而动打头阵

亮剑出击

哪能让魔鬼肆虐我 4000 余民众

疫情是魔鬼，我们不能让魔鬼藏匿

7 名村干部站出来了

绘就了 7 面鲜红的党旗

在抗击"新冠病毒"的战场上猎猎招展

他们是共产党员

他们什么都不怕

疫情是魔鬼，我们不能让魔鬼藏匿

村支书站出来了

10 平方公里，13 个自然村

挨家挨户地奔走相告

两条腿都跑得浮肿

就为了把这场战"疫"打赢

疫情是魔鬼，我们不能让魔鬼藏匿

驻村工作队站出来了

他们抛家别子

从省城逆行南下

冲向疫情防控最严峻的豫南疆场

说是给乡亲献上最特殊的拜年礼物

疫情是魔鬼，我们不能让魔鬼藏匿

退役军人站出来了

无问东西

不计得失

兑现召必回、回必战、战必胜的誓言

疫情是魔鬼，我们不能让魔鬼藏匿

热情的群众站出来了

他们把自家的猪羊宰杀

送到疫情防控最前线

让"战士"们吃饱饭

好有力气打赢这场阻击战

疫情是魔鬼,我们不能让魔鬼藏匿

无数的好心人站出来了

你 50,我 100,他 1000

还有的把家里珍贵的口罩捐出

汇成奔腾的涅水激流

把魔鬼冲刷得一个不留

充满火药味儿的野外交班会

2020年2月3日早8：30，在村部北头柳卢公路的"共产党员示范岗"肖营防疫观察站，刘支书在为村干部、党员、退役军人、村医、志愿者一行十余人作交班训话。

尽管他戴着口罩，但仍看得出来他的表情非常严肃。他说："我就讲讲昨天的情况，大家都很辛苦，好的就不说了，单说说发现的问题。

"第一个是咱们的群众从大年初一到现在，在家憋了十来天了，天一出太阳，都想出来晒晒暖儿、透透气儿。这个绝对不行啊，必须立马劝回家。钟南山院士讲了，不出家门是最好的防控。我就碰上五六个在门口扎堆闲聊的，还冲我笑。我不客气地骂他们，笑个啥，染上病毒你就美了！骂他一顿老实了，乖乖地回屋了。他们防控意识差，咱们村干部不能跟着稀里糊涂，现在严点狠点得罪他们，事后他们会感激你哩。

"第二个是定点值守人员3人一组，要尽职尽责。今天早上我第一个来，看到观察站周边的卫生很差，我可以帮你们打扫打扫，但是明天谁值班再这样可别怪我不客气。再看看你们临时休息的床铺，乱得像牲口铺，你们躺上边能睡得着？休息不好能值好班吗？个人卫生都搞不好，还想监督群众的卫生，都不嫌脸红？还有就是对个别零散人员管控不严，以为熟悉说说笑笑就放行了，你知道他们染没染病毒？从现在起，凡是过往人员一律严格盘查，加强防控，先量体温，再详细登记，不是采购生活物资的，一律劝回去。不要以为没啥用，一旦有疫情了好顺藤摸瓜。如有发热的，立马报告，果断处置。

　　"第三个是加强巡防联防。咱们有的村干部还没跑几个组就喊着这疼那疼，叫苦叫累，我都 60 多了，不照样天天走村串户？谁的脚不疼谁是狗（其实，刘支书的两只脚跑得都已经浮肿了）。无论如何，谁都不能松懈，咱们的驻村工作队员小邹，昨晚巡岗到深夜一两点，没说一个'不'字，咱要向他学习，自己负责的片区天天都得转一遍，及时汇总情况，统一往上报。

　　"最后再强调一点，咱们要注意纪律和形象。尽量减少人员聚集，除紧急情况下，其他都通过微信、电话沟通。再有就是观察站值班人员不能离岗，伙食自行安排，将就将就，有得吃就行了，国家大难当头，大敌当前，不能在吃上太讲究。昨天我发现桌子上半盆的肉在那儿放着，如果是群众赞助的，啥也不说了，咱得谢谢乡亲们；如果说是会计擅自采购改善伙食，让村里出这个钱，我让你这个会计干不成！

"我讲完了，看看咱们的第一书记侯书记有啥布置的没有。"

听后，我不由得说道："说真的，刘支书的这一番话，虽然很冲，但话糙理不糙，听着入耳，句句都是肺腑之言，句句都是责任，句句都是担当。"

大家纷纷点头表示同意，交班工作顺利结束。

肖营战"疫"宣传群

2020 年 2 月 4 日，立春。把爱留下，把病毒隔离，群防群控的人民战争，定能赢在春天里。

接到中共河南省委选派机关优秀干部到村任第一书记工作领导小组办公室昨日下发的 1 号《关于充分发挥驻村第一书记作用　进一步做好疫情防控工作的通知》后，我积极响应通知要求的充分发挥驻村第一书记"尖兵"作用，指导村党组织通过微信群、手机短信等，向群众宣传各级党委、政府做好疫情防控的部署要求和政策措施。

我意识到关键时刻，利用网络阵地宣传疫情防控的重大意义和深远影响，火线成立了"肖营战'疫'宣传群"，发动村干部动员广大群众入群参与抗击疫情战斗。一推十，十推百，一夜之间，近 400 村民入群，气氛热烈。

一名网民发来一句诗，表达了对我们一线防控人员的担忧爱护，她说："口罩遮面难相见。"

　　我以群主的名义在群里数次"@"，动员、支持、鼓励、倡议他们参与防控。

　　我的回复：打赢战"疫"齐欢颜。

　　@所有人：乡亲们，看看村主任刚才转发的"最新疫情通报"，病毒离我们还有多远？可以说，门口就是雷区，出门就是"趟雷"，大家万万不可铤而走险哪！！在家宅居比任何口罩效果都好！提醒各位好友酒精只适合用来做皮肤、口罩、护目镜消毒，不适合空间消毒，不能进行大面积喷洒。能进行空气消毒的，只有二氧化氯、过氧乙酸和臭氧。请大家居家时关注到。也请转发给好朋友，以防万一的疏忽。确诊和死亡病例还在增加！记住：比口罩、酒精、消毒液、双黄连都管用的是，你要有一个能听劝的耳朵，且用你智慧的大脑控制住你勤奋的双腿——不出门！

　　@所有人：咱们这个群的队伍越来越壮大了，众人拾柴火焰高！为了各自的家庭幸福安康，咬牙也要坚持居家防控，肖营加油！外出一趟就是增加一次风险，都别拿自己的身家性命开玩笑，好吗？疫情离我们一步之遥啊！乡亲们，警惕啊！

　　@所有人——最新防疫动态：一是按照指挥部令，除超市、医院、加油站、婴幼儿用品店、药店等重大民生保障场所建立体温检测站，入店前逐人检测体温可正常营业外，全县KTV、洗浴中心、网吧、电影院、宾馆、旅社、酒店、饭店、茶社、小吃店、农家乐、夜市地摊、游园、公园、棋牌室、旅行社、旅游景点等经营性场所一律暂停营业，禁止群众进入。

二是新开业的超市、药店等商家要具备以下条件：①店内达到具有消杀能力和防疫条件；②员工上岗条件，已落实 14 日居家隔离措施，有每天的体温记录和乡村干部、村医证明；③商家要对每一位进店顾客进行体温测量和登记，凭身份证购物；④开业需经县指挥部市场监管组审批，不落实上述 3 条措施要求的，一律不准开业。

@所有人：重要的事情说 3 遍哈。各位亲，生命重于泰山，疫情就是命令啊！请发动村民进群，目的是给尽量多的群众科普疫情防控知识，这也是保障人民群众生命安全的需要！咱们干部、党员、志愿者，先把自己的家人拉到群里，能时时地看到防控疫情动态，只有好处，没有坏处！

@所有人：各位父老乡亲，你们好！我是咱村第一书记侯群华，在这疫情阻击战中，我和驻村工作队员邹阳森十分牵挂大家的安危，疫情就是命令，防控就是责任，请大家相信，众志成城，一定会打赢这场没有硝烟的战争的！

@所有人：各位亲，生命重于泰山，疫情就是命令啊！请发动村民进群，目的是给尽量多的群众科普疫情防控知识，这也是保障人民群众生命安全的需要。村主任说：大家一定要重视！不要大意！别不在意！保护自己也是保护家人！多配合我们的工作！也是对他人的尊重！谢谢乡亲们！！

@所有人：为缓解村干部精力透支问题，计划将部分志愿者列入夜岗，志愿者站两人一岗，每两小时一班岗。再组织一部分志愿者补充在白天的巡防分队。请大家议一议这个提议！

@所有人：一名党员一面旗！同志们，兑现咱们入党誓词的时刻到了，肖营4000多乡亲的生命安全急需咱共产党人的呵护啊！本群鼓励60岁以下、身体健康的党员踊跃报名，不计得失，不计报酬，自觉接受党支部的挑选、安排！

@所有人：第一书记侯群华倡议广大青年志愿者——疫情就是命令，防控就是责任。肖营4000多乡亲的生命安全亟须得到保护！本群鼓励身体健康的热血青年踊跃报名，不计得失，不计报酬，投入到抗击疫情的战斗中！把爱留下，把病毒隔离到肖营以外！确保4000多乡亲零感染!! 你、我、他，能做到!!

看吧！有出谋划策的，有报名参加村干部联防巡防队伍的，也有在外地的村民声援支持党支部开展工作的。这不，快凌晨了，夜里起风了，有网民担心值班干部帐篷安全，在群里询问情况；还有的在线下为两个防控卡点值班干部送食材，在物资供应、采购比较紧缺的情况下，乡亲们把家里为数不多的主副食拿出来支援疫情防控，令人动容。我在整理他们志愿报名的接龙中，曾几度落泪，这就是肖营纯朴的乡亲们。

疫情面前，谁是最亲的人？

2020 年 2 月 5 日，在省药监局工作群中，突然看到副处长刘启波特意发给两个对口帮扶贫困村的一段令人泪目的暖心话：

感谢肖营和刁河村的守护神们！他们没有制服、没有隔离衣，只有一只普通的口罩，他们没有执法证、没有医护证，只有一张村民都熟悉的面孔；他们没有想做出惊天动地的伟业，只是想看好自己的村民，守好自己的村子；他们没有誓师会，没有请战书，一个通知大年春节就立即到岗；他们不是公务员，没有事业编，却在后半夜的寒冷中让亲人牵肠挂肚，告诫所有人都要居家不出门，自己却战斗在防控最前线；每每看到你们吃泡面的镜头，不由为之感动为之敬佩为之点赞！尤其是看到驻村同事们的疲惫身影，更加为之牵挂为之自豪为之致敬！为你们加油！鼓劲！祈福！……

正读得动情处，局长章锦丽打来电话，向我和驻村队员小邹表示慰问。局长关心地对我说，你们处在河南疫情最严重的地区，距武汉很近，村里从那边返乡的人员多，一定要做好自身防护，科学有序地开展疫情防控工作。尽管目前全省防疫物资都很紧缺，但考虑到安全需要、工作需要，还是给村里想办法协调了一部分口罩，让器械处的郭凤义给你们快递过去，以解抗疫一线的燃眉之急！

得到一批"救命"物资，可以说比平时给村里拨几十万的帮扶资金都稀罕，弥足珍贵啊！

我高兴得像个孩子，手舞足蹈，也忘了说句感谢局长的话了，放下电话就给刘支书汇报这个好消息。刘支书显得比我还激动，他说，危难时刻最能看出谁是最亲的人了。

暖流在乍暖还寒的春天里持续向我们涌来。

章局长的电话打了没多时，人事处处长袁文懿也打来了慰问电话，他代表省局雷生云书记向驻村工作队及村"两委"干部表示慰问，他说，雷书记专门交代，让嘱咐你们，奋战在抗击疫情防控一线，任务很艰巨，很辛苦！一定要注意自身安全防护，协助、指导好村"两委"，坚决打赢这场疫情防控阻击战。同时，记得每天给家人报个平安，别让家里挂念。再一个，有什么问题、有什么困难，尽管给局里反映，我们是你们的大后方，是村里的坚强后盾，会想尽办法给你们解决的……

我激动得不知咋说好了，只知道一个劲儿地表决心，请领导和同事们放心，一定出色完成这项特殊的政治任务！

队员小邹做好了饭，喊我趁热吃，就一个炒米饭，炒的是昨天剩下的蒸米（供应紧张，吃的东西不多了，得节省着用），我怕他笑话，赶快抹了抹眼角。

小邹问我："侯书记，你怎么了？有什么伤心事了？"

我说："没有，高兴得了。"

我把刚才收到的一个个感人的慰问电话和微信，以及省局雪中送炭般的支援给他复述了一番。小邹也非常感慨地说，省局很给力啊，不愧是娘家人儿！咱俩在春节假期里从郑州"逆行"南下，也算是做了件让自己感动的事情。

党旗在"疫"线飘扬

鲜红的党旗在"疫"线飘扬

为鄂区回家过年的同乡鼓掌

他们没有错

只是他们的奉献在他乡

他们还是我们的爹娘我们的孩子我们的盼望

咱咋能不把他们放在心上

鲜红的党旗在"疫"线飘扬

那是村里 68 名党员奔往的方向

挨家挨户地走访

一个一个地商量

隔离病毒 不隔离爱

我们都信党中央

鲜红的党旗在"疫"线飘扬

"热干面"病了"烩面"来帮忙

我把外公和妈妈都借给你

不够 我把我的压岁钱也捐上

让每名叔叔阿姨都走出病房

那不是他们待的地方

鲜红的党旗在"疫"线飘扬

那是党员并肩战"疫"的力量

值勤卡点对面就是俺的村庄

近在咫尺

我却回不上

因为战"疫"的重任扛在俺的肩上

鲜红的党旗在"疫"线飘扬

又迎来了一个充满希望的春天

可我却顾不得欣赏

居家隔离的村民

才是我心中的念想

走 去看看他们吃得咋样用得咋样

他在用党性站岗

我的搭档刘支书又在卡点忙

亲自为执勤干部做饭

为了让村干部吃上一口热乎饭

60 出头的人了

别人这个年纪已在家把福享

可他还奋战在疫情防控的疆场

一早的卡点交班碰头会

他总是第一个到

每天夜深了

他总是陪值夜班的干部坐了又坐

不肯走

白天巡防 10 平方公里的地牌

腿走肿了也不坐驻村干部的车

他说减少交叉感染风险

一只口罩用了三四天也没舍得扔

耳朵勒疼了什么也不说

口罩带都用断了才换了个新的

他说物资紧缺

省一个是一个

让更需要的村干部、党员、志愿者用

我老了，不在乎什么了

只要咱村安宁

我怎么着都行

这就是我的好搭档

不顾个人安危

一心扑在战"疫"的岗上

共同的心愿

正月十五元宵节这天，没有汤圆，更没有焰火烟花，只有一觉醒来，庆幸自己还好好的。

也许是心理上的条件反射吧，在村头疫情观察站待得久了，总觉得病毒离我很近，尽管防护得很好，尽管不停地洗手、不停地安慰自己，还是不放心，还是有这种错觉。

晚上在电脑前写写战"疫"小故事，正不知从何下笔时，扭头看到挂在脸盆架上的一溜用过没舍得扔的口罩，咦，有了，这不光是一道小小风景，它还启发了我的写作思路呢。

可谓烽火连三月，口罩抵万金哪！防"疫"指挥部前线村干部，由于口罩紧缺，有的一个口罩都用三四天还在用，刘支书的一个口罩，绳都用断了。

看着这些口罩，心里默默祈祷，祈祷自己好，祈祷村里好，希望疫情云开雾散。

村里人还是有觉悟的，我在战"疫"微信宣传群里做了教育动员，科普防疫知识，政策宣讲，你还真别说，效果好得很，气氛空前高涨。有出谋划策的，有声援一线战斗员的，有表态或劝街坊邻居自觉居家不出门的，有提议捐款捐物的，有的还付诸行动，自告奋勇当志愿者去卡点执勤，有的主动请缨申请到防控指挥部做点力所能及的事。

这几天不停地有陌生微信网友加我，看了介绍才知道，都是俺村的，他们有一个共同的心愿，就是看村干部很辛苦，想为他们分担点。

一个叫王栋科的刚大学毕业的学生，加我微信时直接介绍，你好书记，我看这两天大家都比较忙，需不需要我这边帮啥忙，我也算半个党员，哪里需要我，直接就可以上。说真的，如此热心，听着就可来劲儿。

还有一位不愿意透露真名的群众，他说他天天在默默地关注着我，说我每天是村里睡得最晚的一个，有一次凌晨两三点还在往群里发信息宣传隔离防控的重要性。哦，我说您也不是"等闲之辈"啊！他说，别笑话我，农民一个。不过，有什么需要，说一声，赴汤蹈火。听了这话，我眼泪差点儿掉下来，多朴实的父老乡亲啊，咱只是做了咱该做的事，他们却为之感动得愿意"破命"！我果断地把他的网名备注成了"肖营高人"。

话说回来了，这几天确实忙了些，毕竟大家主动居家隔离半个多月了，年货消耗得也差不多了，有的面临着断顿。为解后顾之忧，村里紧急成立生活物资统购小分队，先在宣传群里让大家接龙报需求。可是，因电脑、手机操作技能参差不齐，咋报的都有，五花八门，只能一点一点地统计。

可不能小觑这一家一户看似不起眼几斤几两的数字，那其实都是乡亲们蹲守在家对俺们村干部的信任和期盼哪！怎能不把老百姓的需求放在心上呢？所以，无论有多么烦琐，无论再零碎，也不能责怪乡亲们半点。我心中告诫自己，一定要耐心细致地统计，耐心细致地去市场考察，耐心细致地安慰大家、鼓励大家，让他们安心在家等着就行了，保证及时供应。

村支书刘国保，如他的名字，曾上过战场英勇杀敌，他的宣传鼓动更是别出心裁，把打仗用的战略术语都形象地拽出来了。他说，前一个14天是打鬼子，很明确谁是鬼子；现在新的14天是抓特务，可是我们根本就不知道谁是特务，你敢出门，万一被特务盯上就麻烦了，所以现在出门更加危险，希望你们宁可裤子坐破，也决不出门惹祸。

又扯远了，还得拐回来说说生活物资统供的事哩。群里看我深夜还在统计着，就有几个灵巧的女青年主动提出来帮助我统计，肖营李冉冉、一组小秋、四组李静，都在认真地按分工把数据统计到设计好的表格上。

防控卡点里，刘支书领着村干部也在挑灯夜战，表格中，甚至是手写报上来的上百家需求的米面油蛋菜，都要与款项一一对应，还要分成19个小组，一圈干部忙得不亦乐乎，快凌晨一点了，才算汇总完毕，一个个眼熬得像水蜜桃，看了真让人心疼，可是他们没一个埋怨的，没有一个叫苦叫累的，他们也有一个共同的心愿：再苦再累无所谓，击退新冠肺炎疫情最可贵！

吃百家饭

一

疫情严峻，不得不封村封路了，村民们也很自觉，居家不出门。

迫在眉睫的问题来了，生活物资哪里来？谁来采购？党支部临时召开紧急会议，研究为大家统购统供事宜，13 个自然村 19 个生产小组的组长也参与进来了，层层传导压力，层层传导责任，都在忙碌着统计、汇总，联络供应商。时间过得真快，一转眼过中午了，大家还饿着肚子呢。

只见南面有个戴着口罩的群众开着电动三轮朝指挥部来了，他下了车，慌忙端起一口大铝锅走来，还冒着热气呢。原来是村里的水工李高一家为执勤干部做的大烩菜，还有香喷喷的米饭。

二

傍晚，给乡亲们统一采购的生活物资终于送过来了，一边组织村干部卸车，一边通知村组长分批次到指挥部领东西，开阔场地没有灯光，就借助手机照明，虽井然有序，可一车的米面油菜还是分发到八九点了，谁也没感到饿，谁也没时间去做饭，直到二组的组长李青云大姐把刚蒸好的肉包子送到同志们的面前，大家才闻香而来。

青云组长手里还攥着一把新鲜的蒜苗，看样子也是刚从地里拔的，她热情地给大家又是分包子又是递蒜苗，刘支书没顾得洗手，垫了张纸巾，吃得津津有味。

治保主任李腾年轻，统计数据、收款算账，他没少出力，昨天与大家伙儿一起忙到凌晨，他饿得一个包子快吃完了才品出味儿来，连连说真好吃。

三

一大早，村里一名青年开着面包车停在了指挥部卡点，上前盘问，才知是捐赠食品的，鸡蛋 2 箱、调和油 2 桶、方便面 10 箱、火腿 4 箱……

没有寒暄，没有炫耀，卸完车就悄悄地走了。

在指挥部里还有一兜一袋的食物，有带壳的花生，有菠菜，还有一块腊肉在铁丝钩子上挂着。包村干部乔振东欣慰地说，这些都是乡亲们送的，一会儿这个来了，一会儿那个来了，送得可全，啥都有，东西虽不多，但都是乡亲们一份一份的心意哈！

为分散就餐，中午，我回到村部伙上做饭吃。当看着自己煮好的一盘饺子和馏好的两个热腾腾包子，刚想动筷时，泪水止不住地簌簌流淌。

这些都是平时我爱吃的，是好心的村民送来的，他们怎么知道我的偏好？他们怕见面增加防疫风险，就用小塑料袋兜好，不知什么时候放我门口了。

虽然不是过去艰苦的岁月，然而在疫情肆意蔓延的时期，食物显得很珍贵，而且做饭几乎挤不出大块时间来，权衡考虑，我还是决定晚上不开伙，一天只吃两顿，一来有更多的时间投入防控当中，二来也为了节省一点厨房里准备不多的食材。

许多时候，我的早饭差不多从半晌开始，因为早上从床上爬起来就急着去卡点看看，点名交班，上传数据，检查装备，查看记录，忙忙这、忙忙那，差不多 10 点多了，队员小邹做好的饭早已放凉，回来热热，随便扒两口就又去忙别的了。

老党员捐款背后的故事

2020 年 2 月 10 日，上午 9 点多，刚从村防疫指挥部卡点回来，准备泡碗面填饱肚子，村主任吕文明急急忙忙喊我，说是陈茨园自然村老党员李万军要为抗疫捐款 5000 元，县里、街道办都来人了，让我去接应一下。

我猛然一震，对今年已 70 岁高龄的老党员万军大叔肃然起敬。放下已泡好的面，赶快打开电脑，设计一张捐赠宣传便签，好给他老人家留影留念。

镇平县委宣传部刘科长专访捐赠一事，让我侧面介绍一下情况。我自豪地说，他是一名退役军人，是一名老党员，凭着他一心向党的忠诚和平常为民服务的初心，他能捐这么多善款也绝非偶然！

他和老伴平时生活省吃俭用，一门心思经营自己创办的万军农业合作社，之所以办得"风调雨顺"，缘于他心里始终装着周围的乡邻乡亲。

他利用自己的农艺专长，指导农户种植农作物，保质量包产量，又把乡亲们的农副产品保护价回收，自己再深加工，微利销售。良好的信誉和过硬的产品质量赢得了国家农业部门的绿色认证，"三证"齐全，消费者当然对他的人品和产品都满分的信赖。

2019年我多次去过他家和他的合作社，走访调研中欣喜地发现他家里有个文件柜，里面放满了一摞一摞的荣誉证书，还有各式各样的奖杯，荣誉的背后隐藏着不少老同志感人的故事和创业的艰难。如今，他的一条腿行动不便，就是当年他受邀在丘陵农田里现场为农民乡亲教学时不慎跌入崖谷留下的残疾，这事完完全全可划上工伤，他却自己承担医疗费用和责任，他淡淡地说，是我自己不小心摔下去的，哪能给公家添麻烦。

为了帮助万军大叔的合作社步子迈得更大一些，去年俺们肖营村创建了"淘宝村"试验基地，他是第一批直接参与者和受益者，为他量身定制的主攻方向就是"村播达人"，宣传推送，示范引领。

2020年春节前夕，省市场监督管理局开展消费扶贫，预采购局里8个对口帮扶贫困村的农产品，我首推万军叔合作社里的产品，结果很理想，机关的同事们选中了他家141袋粉条、159箱红薯。我从第一书记办公经费里拿出一部分租辆物流车帮他把这批联谊"年货"送到300公里外的省局机关。

万军叔很感谢，非要给我送几箱红薯，被我婉言谢绝了。

　　谁都没想到突如其来的新冠肺炎疫情这么肆虐，全村进入了战"疫"状态，听他老伴儿说，万军叔早都坐不住了，牵挂着前方奋战在"疫"线的村干部们，说捐些钱表表心意。

　　我感动地对他说："非常感谢您李叔！关键时刻彰显出咱老党员的英雄本色啊，给一线的干部增强了信心和力量，我代表村'两委'再次向您表示感谢。"

　　万军叔还是很低调，谦虚地给我说："这没啥，村里平时对我和合作社非常操心，我正不知如何感谢呢。现在你们防疫很辛苦，我岁数大了，也出不了什么力了，就出点财力吧，但愿疫情早点过去。"

邮递员小彭

小彭是负责我们肖营村片区的邮递员，长得胖胖的，话不多，一说话就笑眯眯的。

他每天都会准时把报刊送到村里来，报纸的一角写有"肖营"二字，有些潦草，一开始没认得，看得多了才熟悉是小彭写的。从字上就能看出他在分拣报纸时的忙碌的身影，急匆匆的是为了赶时间吧，不耽误他的客户及时看上当天的报纸。

村里的报纸以往都放党群服务中心大厅了。小彭知道我喜欢看报纸，就悄悄地改变了放置地点，送到我的办公室。我在时都亲手递给我："侯书记，这是今天的报纸。"

每次我都报以真诚的微笑和谢意。有时候我不在屋，也特意把门给他留上，他会很周正地把报纸放到我办公桌的一角。周末我不在时，我把窗户给他留着，等我回来，两叠报纸已规规矩矩地放在窗台上了。

　　小彭就这样一直坚持着，从来都没有再改变他的投递方式，读到了小彭送来的充满温度的报刊，除了领略里面的信息和知识外，报刊外的小彭也给予我不可多得的温馨和感动。因为，无论严冬还是酷暑，风里来雨里去的，甚至双肩落满雪花，他都是始终保持着一种准时的敬业和友善的微笑，那种纯朴的微笑也不像是纯粹的职业微笑，笑得太真诚，你就会觉得小伙子不仅仅是名邮递员，他邮递的其实是自己的忠诚。即便是新冠肺炎疫情肆虐的危险时期，他也没有停下自己的脚步，而是比以往更加坚定和果敢了，位卑不敢忘忧国啊！

　　疫战连三月，口罩抵万金。"娘家"单位省局给我们俩驻村干部邮寄了一些"救命"的口罩，小彭把它看得比什么都珍贵，接到单子，他像接到了命令一样，第一时间给我打电话说，侯书记，给你汇来了一箱口罩。就这一句话，让我兴奋不已，恨不得上前拥抱他亲上一口。

　　"各路口村口都封了，你怎么送啊？"我急切地问。

　　他说："现在不都是宣传的封城封村不封心嘛，到各个卡点上我给他们解释解释，说是送防护物资，应该让过的。"

　　我又一次感动于小彭的机智和爱心。

　　真如小彭所言，每个卡点都做到了"隔离病毒不隔离爱"，着急送防疫物资的都是绿灯放行。但是由于到距村较近的一个邻村卡点小路堵死了，他的"小面面"也只好停靠在那儿了。离我们一个自然庄的一个卡点还有 1 公里的样子。小彭二话没说，拎起箱子就步行往我村走来。

天气格外晴朗，虽是初春，中午感觉暖洋洋的，远处，一眼就认出身着职业棉上衣的小彭，当他把邮件送到我手上时，额头早已布满了汗珠。

"刚才在卡点上，有人看是口罩，想要几个，我说不行，我们邮政的规矩必须完好无缺地把邮件送到收件人手里。"小彭很原则地给我解释着。

"真是辛苦你了小彭，大老远的让你跑一趟!"我很感激也很钦佩。

"没事没事，应该的。"他还是话不多，又露出略带羞涩的甜甜的微笑。

后来，家里寄了两次包裹，小彭也都是中午没顾上吃饭，第一时间把东西送到我手里，我过意不去，递给他个梨，让他润润嗓子，他说啥也不吃，放下东西就走了。

在抗"疫"一线奔跑的"老黄牛"

张玉峰，镇平县市场监管局侯集市场监管所"代理所长"。自疫情防控阻击战打响以来，他已坚守了 23 天。

晨光熹微，他就匆匆来到市场，沿街查看一遍，看是否有商户违规开门营业。用商户的话说，"早上开门是能图个吉利"。对张玉峰来说，"这是我的职责，为了减少人员聚集，绝对不能纵容这种现象发生"。

上午 9 点钟，他就和同事又马不停蹄地到市场上忙碌起来，张贴公告，督促经营户规范经营并做好消杀防疫记录，监督从业人员和顾客佩戴口罩，督促药店不得抬高物价，配合地方政府做好联防联控……

中午前，他要把辖区各大商超、药店巡查一遍。赶回所里，有时一碗泡面就是一顿午餐。

休息中，一阵手机铃声突然响起……他又带着同事赶到现场，查看药店进货票据，跟负责人约谈，向投诉者反馈情况。

他说："我这些天都有电话铃声幻觉了，总觉得电话在响，生怕漏了投诉，让群众寒了心。"

回到所里，开始整理上报表格。"疫情防控动态日报表""南阳市落实省局疫情防控日报表""辖区经营企业情况统计表""食品安全监管日报表""野生动物监管情况日报表""全县公职人员健康状况表"……这样十几种表格每天都要上报，上报完后，回到了市场开始新的忙碌……

晚上 7 点，他又开始夜查门店关停工作。

晚上 8 点 30 分，他开始处理积攒了一天的文字材料，思考着工作开展的相关问题经验。

晚上 10 点，他逐点、逐条梳理着明日的防控线路……哪几个已关停的门店还要去看一看，哪几个药店还要保持监管压力，等等。

夜已经很深了，他的思绪还在活跃着……

这么多天来，他一直忙得像个陀螺，没有借口，没有怨言，哪怕是在他觉得身体不适的时候，仍想尽一切办法，坚持上班，坚守自己的工作岗位。他绝口不提自己的艰辛付出，也不提家人对他的担心，他心里只想着想方设法克服困难，完成每一天的工作任务。他像老黄牛一样默默奋战在疫情防控第一线，他用坚实的臂膀筑起了守护群众安康的铜墙铁壁，他用坚定的行动诠释着市场监管人的责任与担当！

一碗红烧肉

快该做晚饭了。这时，村里的一位爱心大婶打来电话说："就你一个人，别做菜了，我做的红烧肉，一会儿给你送去。"

不多会儿，她便骑着电动车来到了村部。

"刚做好的，趁热吃吧乖。"她把包好的菜碗递给我，调头就走了，还没来得及感谢她呢，大婶的背影已渐渐消失在我模糊的视线里了。

一打开塑料兜，久违的肉香扑鼻而来，令人垂涎欲滴。可是，吃着吃着，眼泪又不听话地涌了出来。

省里派我们下到村里当这个第一书记，不就是来为民办事服务的嘛，面对突如其来的新冠肺炎疫情，岂能福祸趋避之？是党员都会毫不犹豫地选择从郑州逆行南下的。跋涉几百公里不算什么，与村干部一起冲到"疫"线，守关卡，保平安，也没有做什么惊天动地的事情呀。然而，却受到乡亲们热捧般的"爱戴"。这不，大婶她家地里种的有菜，没有送，偏偏在眼下猪肉最昂贵的时候，舍得端出满满的一大瓷碗红烧肉来犒劳我这名普通小兵。

她就是那位一直在村战"疫"宣传群里默默关注着我的村民，她有一个好听的网名——"花开半夏"。婶儿看我白天忙一天疫情防控，晚上还要熬夜写作，不断心疼地劝我："早点休息吧书记，身体要紧，你也不是铁打的身体呀，每天都是这么晚，你能扛多久？睡吧！身体好，才是我们大家的福气！"

惭愧之余，我把这份沉甸甸的民心、沉甸甸的爱收起，小心翼翼地装在心里，好用它激励自己身体力行地去书写"乐民之乐，忧民之忧"的乡村续曲。

"花开半夏"大婶的一碗红烧肉激起我内心深处无限的涟漪，因为这碗肉不仅让我在品味农家菜肴美味时领略到了人间处处是真情，更为甚者，这母爱般的关怀亦让我压在心底的对母亲思念许久的心结放飞了，明媚的春光下，虽独在异乡，却如在故里，安然自若。

10年前的那天，下班回屋，娘已等着我了，趁我洗手，她便掀开扣在盛有我最爱吃的红烧肉盘上的碗，顿时香味缭绕。她不吃，看着我吃，有一搭没一搭地讲着白天在她的小菜园里发生的故事，无非是哪畦的茄子开花了，哪畦的韭菜浇水了，泗得透透的。我脑子里还想着工作上的事，无心听她唠叨，嗔怪她，这都是些什么呀？！她像是做错了什么，不再说了，一直看着我津津有味地吃着她做的红烧肉。

如今，多想再听她唠叨唠叨这些琐碎的话啊，哪怕唠叨一万遍，也听不烦，更不会嗔怪她。

可再也听不到了，7个冬去春来，多少个"离心寄何处，目击曙霞东"的忧伤，化作了余光中那首《乡愁》诗中几行心灵的对话：

小时候/乡愁是一枚小小的邮票/我在这头/母亲在那头/后来啊/乡愁是一方矮矮的坟墓/我在外头/母亲在里头……

轻伤不下火线

　　轻伤不下火线，疫情防控冲在前。俺村副主任赵亚军因公受伤未痊愈，但在知道村里安排疫情防控的消息后，立即主动放弃养伤，于 2020 年 1 月 24 日（大年三十），马不停蹄全身心地投入疫情防控工作中。

　　疫情就是命令，时间就是生命。为了让群众知晓疫情的严重性，提高群众防御意识，赵亚军同志坚持和村"两委"悬挂粘贴宣传标语，引导群众通过发信息、打电话等方式拜年，并教育群众做好个人卫生防护，不探亲访友，不举办、不参与聚会，不造谣、不信谣、不传谣。对于涉鄂人员和密切接触者，赵亚军和村医生每日随访，不厌其烦地询问他们的体温、身体状况，确保他们没有外出的情况，提醒他们注意事项，同时安抚他们的情绪，不要过度恐慌，做好自我隔离。每天他都是早上 7 点多就起床，忙完一整天的工作，回到家里已是疲惫不堪。

同时，他坚持和同事们一起在路口卡点值勤值班，有效阻断了疫情的传播，切实保障了全村群众的安全和身体健康。

在这场看不见硝烟的战争中，赵亚军和村其他人员一起做好宣传工作的同时，坚持做到排查工作不停歇，按质按量完成了登记表信息的录入工作。现在又投入到为外出群众办理有关证明当中去。

"作为一名共产党员、一名最基层的村干部，我必须坚守岗位，决不离岗，必须为群众挡风险，全力保障村民的身体健康和生命安全。"他如是说。

赵亚军这种不顾个人安危、迎难而上的工作态度，充分体现了新时代共产党员轻伤不下火线和无私奉献的精神品质，为广大党员干部树立了标杆，做出了榜样。在党工委、办事处的正确领导下，有着许许多多像赵亚军这样可歌可泣的基层干部，坚信通过大家的共同努力，一定能打赢这场防控新冠肺炎疫情的阻击战！

80 老妪的 50 元捐款

　　村里有位老大娘，今年 80 多了，满头银发，别看她这么大岁数了，仍精神矍铄，思路清晰。

　　有着 50 多年党龄的她，每次上党课、党员活动都准时参加，多数时候都是提前到，坐第一排，认认真真地听，从头到尾一动不动的，那种忠诚的信念溢满她安静的身影。讲课时，我多想为她老人家倒杯水。

　　平日里，老同志生活节俭，从不乱花钱，处在玉乡的她感觉自己老了，也不想给家人添麻烦，就揽些穿珠子的小活儿，一天不停歇地忙着穿手链、项链等首饰，穿个手链要用上百个小如绿豆的玉珠，有时候针还会扎着手，眼都瞅得越来越花，颈椎也开始出毛病了。但她还是一直坚持穿，年复一年地穿，一串一毛多工费，一天下来也就七块八块的。

　　疫情来了，她心急如焚，总想为村里"疫"线人员和卡点做点什么。村里响应党中央的号召，组织党员捐款，但考虑她年龄大了，也没多少收入，不让她表心意。后来，她知道了这是从中央到地方，动员广大学员自愿捐款。这下，她可高兴坏了，说是听党的话，这回总该让我表达表达心意了吧？她很执着。

在捐款仪式上，她把一张面值50元的钱币投进了捐款箱，让在场的人无不动容。要知道，这50元钱，她可要辛辛苦苦穿将近十天的珠子才能挣这么多啊，可她自己平时哪怕一毛钱也不舍得多花。然而，在国家遇到灾难时，她慷慨解囊，关键时刻，彰显一名老党员的思想觉悟。

市场监管勇担当　防"疫"防控战"疫"线

——遮山镇食药所所长王振东抗疫侧记

　　2020年1月24日，星期三上午8点30分。在镇平县市场监督管理局五楼会议室，墙上LED电子显示屏用鲜红的字体醒目地打着"新型冠状病毒感染肺炎防控紧急会议"，南阳地区发现4例。

　　疫情就是命令，防控就是责任。面对新冠肺炎疫情来势汹汹，市、县两级政府立即起动应急预案，迅速成立了6个检查站，其中遮山、曲屯、马庄、张林等乡镇已经进入备战状态。新任遮山所所长王振东更是表情严肃，认真聆听着会议记录，把领导要求的重点都重重地做了标注。会一完毕，他就立即驱车奔赴"遮山战场"。

　　其实早在前两天的上午，根据上级要求，遮山市场监管所的防疫工作就已经展开了。那天王所长抱着领来的厚厚一摞公告，在去遮山镇的路上，途经柳泉铺时，因为是腊月集市，遭遇了严重堵车，为了不耽误时间张贴公告和宣传疫情，为了尽快管控严禁市场活禽交易，为了让当地群众尽早知晓上级规定和疫情态势，他干脆把车停靠在一边，一路小跑地赶往二里之外的遮山镇……

他忙得像个陀螺，白天晚上连轴转，截至 3 月 5 日，他已连续奋战了近一个半月。他身先士卒，带领副所长赵升、市管员张士轩两位同志早出晚归，连续坚守，这期间他没有休息过。

王振东清醒地认识到事态的严峻形势：遮山镇是镇平的东大门，距南阳市中心仅 18 公里。自 1 月 24 日发现确诊病例后，每天就以几例、十几例确诊急增，风险随时就会到来。市、县两级政府及时出台应急预案。要求除了民生必需的超市、药店、加油站经上级相关部门验收防疫防控合格后方可开门营业外，其他行业一律暂停营业。王振东一刻也不敢懈怠，早一秒落实疫情防控指示，群众生命安全就早一刻得到保障。

遮山所虽然刚刚设立，好多事还在筹备当中，最要命的是所里没有交通工具，王振东干脆把自己的面包车作为"公务用车"，每天载着所里的两名同志一道对遮山街和 17 个行政村的超市、副食便利店进行拉网式巡逻。

困难重重，但王振东没有被困难吓倒，而是迎难而上。他带队一边监管商户门店是否违规开业，一边大力宣传上级防疫防控知识。下乡进村途中经常遇到封路设卡。遇到卡点好说，对执岗人员讲明原因就通过了，遇到土堆堵口或铁架封路就直好绕道另寻出路，从甲村到乙村在往常情况下最远不过十几里，经这么一兜圈路程就是成倍翻番。近的村徒步进去检查，远的为了提高效率只能驱车前往了。

由于疫情肆虐，餐饮业一律关停。所以，王振东和他的队员吃饭就成了个大难题。但为了便于监管和工作，他让另外两位同志在柳泉铺所中午就餐，而自己则把车往遮山街某个路边一靠，带着开水、方便面、水果就"吃住"在车上了。这样做，为的是市场上一有任何情况就能够第一时间出现在现场；为的是遮山辖区市场监管工作在疫情肆虐期间不出现丝毫纰漏和差错。县城东大门特殊的地理位置，也是市、县两级督查组、纪委、检查组频繁重点检查的地方，他的工作理念就是把工作做细、做实、做透，疫情不退他坚决不退。

截至目前，遮山市场监管所共出动执法人员 268 人次，出动车辆 97 台次，检查通知各类行业商户 711 户次，向商户张贴、散发各类公告和通知 200 余份，训诫 64 户次。

王振东的付出是值得的，镇平县东大门的防控形势一直稳中向好，多次受到表扬和鼓舞。他的新官上任三把火烧到了点上、刀刃上了，他踏实履行了"听党指挥、听令而行，大疫面前、冲锋在前，守土有责、守土尽责"这一诺言。他用实际行动践行着一名共产党员和一名退伍军人的初心和使命，有力地维护了遮山镇疫情期间市场秩序的稳定和平安。也守住了百姓舌尖上的安全，守护了一方群众的平安与安全。他向县局交出了一份优秀的抗"疫"答卷。

村干部的男家属

村妇女主任王桂云的爱人红哥，是位不爱多说话的憨厚好人，一旦开口，略带冲味儿，每句话都没有多余的。有意思的是一次王主任主动证明了老公的这一"臭脾气"。一天早上，在卡点交班前相互等人，大家有一搭没一搭地谈论着特殊时期的工作生活，秋成会计问桂云主任："云，你的电动车没买多长时间，咋毁成这啦？"

"别提了，俺家刘书红，一点不知道爱惜东西，一说他吧，他还不高兴，说买车就是让人骑的，心疼它买它干球？一句话一个橛。"王桂云无可奈何地数落着，"上次，咱村巡逻宣传疫情防控形势，十多平方公里的地盘，车辆不够用了，他直接给儿子打电话下'命令'，赶紧把咱家的车开到卡点，儿子怕他，没一会儿车就开过来了。就是这么个人儿。"

旁边的村主任吕文明开玩笑地说："桂云姐，轮到你卡点值夜班俺红哥不吭气都穿着军大衣、戴着毛线棉帽来帮你值班，你咋不说了？"

"那倒是。"桂云嘻嘻一笑。

是啊，红哥就是个内向又认死理儿的人。他对自己的老婆好，嘴上没有过多的好听话，可行动上却是如此懂得疼爱自己的女人。白天，他也没给老婆丢面子，只要家里走得开，他会主动去卡点当志愿者。他在卡点是闲不住的，一会儿扯扯没有拉好的宣传横幅，一会儿拿把锹把卡点周围的坑坑洼洼的地方剜点土垫一垫，这揳个钉挂点东西，那找个树枝插到卡口边上不让人过往。对不是本村的或证件不齐全的，不让进就是不让进，咋说都不中，哪怕说是与村里谁谁家是亲戚，那也不行。为此，不少跟人吵架。

这样"不讲情面"的红哥，却有一副热心助人的好心肠。我感动于他几次三番地自己没吃、先为我送他家刚出锅的好吃饭菜。一次是用干玉米棒皮包着的菜卷，送到村部时还有些烫手呢；一次是把刚做好的杂面菜馍用馏布包过来，还是很热乎的；再一次是把一小馍筐的馒头端过来了，一掀开盖布，还冒着热气呢；一次是在地里挖的野菜做成新鲜可口的咸菜送来了……每次都是绿大衣、黑线帽的标配穿着，戴着口罩，总能在我最饥饿的时候及时出现。

不忍再说了，谁说农民没有觉悟，谁说群众不懂得爱？！从红哥身上，让人感受到了亲如兄长的手足情怀，他用无声的关心为驻村干部送来温暖和亲情；他用无声的行动，默默地融洽了干群关系，守护着全村人的安全；他用无声的责任传递着战"疫"时期的担当。

赤脚医生

村医刘书强，是名"赤脚医生"，虽然只有乡村执医资格，但看上去一副严谨的面孔，白大褂穿上，俨然像是大医院里的大夫。在组织村里的疫情防控时与他接触的时间比平常多了，实践证明，还真没让我说错，他的人品医德的确在群众心目中树立了良好的口碑。

刘医生虽然没有经过什么大的医学院校的深造培训，但他长期根植于基层农村卫生事业，实践经验和临床基础积累得非常深厚，不比正规院校毕业的医学高才生差。突出其来的新冠肺炎疫情防控是块试金石，验证了他的实力。他临危不惧，沉着应对，在这场大考中绽放出"赤脚医生"医者仁心那朴实的美丽花朵。

2019 年大年三十，他参加了乡里的疫情防控部署会，感到气氛一下子紧张起来了。

2020 年大年初一早上就出现了一例险情。从武汉返乡过

年的村民李某强出现了发热症状，刘医生紧急拨打了 120 急救
电话，火速陪医到县疾控中心指定的发热门诊。经检测，属正
常感冒引起的发热，虚惊一场。

险情接踵而来。大年初二，另一名从武汉回来的诸某良出
现了咳嗽、胸闷症状。由于镇平离湖北较近，返乡人员多，情
况复杂多变，120 急救车出诊接疑似病号忙得排不出来班次。
上级有要求，一旦有情况，务必第一时间上报并处理，不得怠
慢。咋办？刘医生不敢迟疑，欲送县医院，可是诸某良很排斥
就医，态度蛮横，拒不配合去医院接受检查。刘医生软硬兼
施，好说歹说终于与村干部一道骑摩托车把他拽到医院，经
查，没有大碍，就让他先回去居家隔离了。

谁知道，回到家屁股还没坐热，县医院打来电话，说诸的
胸片上显示肺部有阴影，必须返回医院进行二次复查。这可吓
坏了刘医生和村干部，他本人也吓得够呛，光怕有什么不祥，
态度比上次还烦躁，暴跳如雷，骂个不停，唾沫星子都溅到人
脸上了。听着这番难听话，刘医生强忍委屈，又是一阵苦口婆
心地耐心劝导，一边安抚人心，一边宣传政策，鼓励他再去复
查。费尽周折，最终还是把疑似病例弄到医院接受了二次复
查。折腾好半天，经过筛查比对，又是一场虚惊！院方很抱
歉，刘医生却很坦然，他说，我们费点事应该的，排除险情才
是最大的安慰。

平时，刘医生每天坚持到 4 户 14 人的家中测量体温，寻

医问药，及时把掌握的医学数据上报给上级防控指挥部，同时，插空把县中医院配制的提高抗病毒和免疫力的口服中药送到返乡人员家中；听说县里给村里调剂一批网上脱销的双黄连口服液，他不顾疲劳，一大早就去排队购买，买回来就把这些"紧俏"药品分发给特殊人群。

忙完了居家隔离的人员保障，又要到村卡点上值班，给每位过往者量体温、消毒。起初村里有两个卡点，南头一个，北头一个，他两边跑，执勤盘查人流量 1000 多人次，无一差错。常常是干部忙不开身了，他既当医生，又当执勤队员，"六亲不认"不讲情面，对不带健康证明的、没带身份证的，一律不放行，他说，我把不明身份的人放过去就是对全村 4000 多乡亲的安全不负责任。

县纪委一领导突击检查督导村卡点，正好是刘医生当班，他熟悉情况，汇报起来对答如流，领导赞许的同时，也提出了更有指导性的意见和建设，说你不单单是个村医，战"疫"形势紧张，你的肩上要扛起全村甚至整个乡镇的生命健康安全。刘医生听了很受教育和鼓舞，从那以后，工作标准比以往更高了。

标准高，任务量就大。刘医生不分白天和黑夜，哪里有需要就出现在哪里，不但自己的家顾不上了，还时不时地把老婆叫到卡点上，站起了"夫妻岗"。这还不算，他把自己八九十岁高龄的父母也交给了爱人照看。父亲脑梗，自理能力差，老婆就把饭做好端给父亲。真是夫唱妇随，他在前方打仗，爱人在后方有力保障，不让他的精力受半点影响。

有了家人的理解支持和强大后盾，他各项工作考虑得更加细致入微，村民都没因为封村、封路而影响健康。贫困户看病不方便的问题，本村滞留外地或外地滞留本地的 HIV 患者用药问题，他都一一想到并解决了。凡能代买药的，他都不辞辛劳去医药公司代买，通过网络上传政府认定的艾滋病特殊病人群体的病号编码，保证特殊时期用上特殊药品。

第一声"枪"响

"呼哧，呼哧……"

这是从我们肖营村藤编车间里传出的第一声悦耳的汽钉枪发出的清脆声响。

看着村民员工们忙碌的身影，我终于可以舒口气了。从2020年2月22日到镇平县工艺品有限公司参观见学疫情期间复工复产示范企业，到3月15日肖营藤编车间正式开工加工生产，历时23天，全是我亲自操办起来的。

这期间，一手抓疫情防控，一手加紧筹备生产车间。肖营战"疫"生产交流群发挥了重要作用，广大群众纷纷报名，记录在册的就有百十号人。

对于群众来说，这种纯手工产业，零投入、零风险，按件计酬，甚至在自己家中都可以编织，全家老少齐上阵，真正实现"不出家门把活干，轻轻松松把钱赚"的愿望。群众积极要求参加业务培训，村副主任赵亚军为她们开健康证明都开不及哩。

在研究这个项目的时候，我征求了所有村干部和部分群众的意见，他们都一致支持村里发展这个产业，既能增加群众的收入，也能壮大村集体经济。只是创办的形式不拘一格，有的说承包给个人，村里提供场所和相关服务，只收租金；有的说村里投资，收入算集体的；还有的说，村集体占一部分投入，村干部入股，年底按出资比例分红。

操作模式意见不好统一，但引进的时机不能拖延，村里许多剩余弱劳动力因为疫情已在家自觉隔离了一两个月了，也亟须解决她们的就业务工问题。

鉴于此，我大胆想出一个较折中的办法，先由驻村工作队牵头筹办这个事，经费的事我个人先垫付，我给乡镇领导的承诺是：弄好了算村里的，弄不好我兜底儿。

或许我的执着感动了乡镇领导，给出的答复是：全力支持产业发展，管理好藤编队伍，利村利民。

一诺千金啊。把话都放出去了，得对上对下负责，我与村支书商量，村里的其他事由他负责，我抽出身专门负责藤编车间的筹建。

看似简单的事，其实每一个细节和环节落实起来都不是那么容易的。物资设备的采购，许多商家都不开门营业，在县城购又怕价格高，我带领村主任吕文明驱车赶往几十公里外的贾宋镇考察车间铺的红地毯，比镇平的果然便宜很多，转念一想，商家的货说不定也是从郑州进的，连忙让家人帮忙考察市场行情。可喜的事，价格比贾宋镇批发价每平方又便宜了1元钱，除去运费，仅此一项就节省了近400元的开支。

开会研究外加工协议条款，一致通过，再与总车间法人签订，随后到车间仓库领料，让群众家的面包车帮忙去拉料，50套沙发靠背框架、50只脚凳框架、100多公斤藤条，枪钉、塑料脚垫清点，一个都不能少。

功夫不负有心人哪，终于开工啦！

村民们格外高兴，几名学得好的群众言传身教，手把手地教前来学习的村民，刚开始受条件限制，中午管不上她们吃午饭，甚至连开水都供应不上，但她们毫无怨言，认认真真地埋头编、教、学。为了尽快使车间生产走向正规，我干脆把伙搭在了车间门卫，一日三餐在车间，节省了时间，腾出了更多精力倾注到生产工作上。包括在田间地头干农活的群众见了我就夸奖，说是为村里办个大好事，侯书记辛苦你了，从春节到现在一直为村里忙乎。

看到这场景，听着村民由衷的认可和赞叹，我觉得这两三个星期的付出还是很值得的。

想念不如见面

镇平涅河之水，流传着东晋敬旋救樊的故事，悠悠绵长，流淌了上千年，也滋润着那片沃土上千年，几多神秘，几多朦胧。

世纪更迭，四季轮回。麦田里，浪花在尽情翻滚，从碧绿传唱到杏黄，一代一代的玉乡人在执着地守望着，用想念传承祖辈们的耕耘，用那一粒粒麦子在耕耘中绽放出农民的纯朴。

有人说，想念不需要理由，那是一种冬日暖阳的感觉，亦是一种秋雁远飞的感觉。

是的，涅河水畔，站立着一位更执着的守望者，他把想念结出了硕果，他就是想念食品股份有限公司董事长孙君庚。

他21年如一日，只专注做一件事，那就是做面条。只要走进他的面条文化里，谁都是他的见证人。

己亥岁末，我以驻村第一书记的身份有幸来到坐落在县城西南方向的"想念"参观见学，身临其境，感受一番独特的

"找一群志同道合的人，快乐地慢慢老去"那传奇般的企业文化韵味儿。

走进"想念"，只见各种大型设备、罐储屹立在 700 多亩地域上，洁白是它们的盛装，隆隆的马达声是它们对生命的赞歌。

讲解员兴致勃勃地介绍，这里的制粉设备是当今最先进的进口生产线，挂面车间设备也是国内一流，还使用了冻干技术，为食品精心配料，总有一款能引爆你的味蕾。干净整洁的环境，让人一下子对"想念"多了几分亲昵。

最精华的"想念"，是孙君庚赋予了面条以生命，因为自始至终，工人们始终像母亲孕育生命一样，呵护每一道工序，让每一根面条都值得信赖。

再往外溯源，"想念"人打造从农田到餐桌完美的全产业链，可以无愧地胜任中国健康主食产业的"领跑者"。

往内看发展，正是因为"想念"把大学办在了企业，把企业办成了大学，把课堂搬进了企业，企业才有了"为人类提供健康安全营养食品，为员工创造一个温馨的家"这一看似平凡，实则是鸿鹄之志般的使命，才在食品行业撑起了一片瓦蓝瓦蓝的天空。

讲解员小孟自豪地说，"想念"选的都是优质小麦，原粮把控严格，可细分到毒素检测，一般厂区达不到这种苛刻的检测标准的。粮食的储存，采用氮气储存，与传统的环流熏蒸法相比，更安全健康，绿色环保。小麦加工成面粉工序，清理车间采用全干法清理工艺和动态润麦工艺，既节约水源又绿色环保；面粉加工到挂面，从拌面、饧面到压延，智能化程度高，仅压延滚轴就有 1.5 米宽，可谓世界之最。

吃水不忘打井人，致富不忘报党恩。"想念"的大美，美在了她把贫困群众疾苦放在了心上，有信仰、重情义，是"想念"人的情怀标准。积极探索"金融扶贫+产业带贫"企业帮村脱贫新模式，又是独树一帜，带动了 9870 户加入合作社，为贫困户分红 2961 万元，同时参与了柳泉铺镇 48 户贫困户的"七改一增"项目建设，为玉都街道安国村修筑 960 余米村村通扶贫水泥路……

汗水浇灌收获。"《赢在中国》108 将""全国三农致富榜样 20 强""中国农大、华中农大创业导师""南阳市拔尖人才"等等，这些都是董事长孙君庚获得的沉甸甸的荣誉，当然，这背后还有沉甸甸的责任。参观到这儿，心想，谁不想念把一把面条变成一顿人生美味呢?!

品人生，品美味，总能品出"想念"人的大爱味道。眼下，突如其来的新冠肺炎疫情像魔鬼一样肆虐，疫情面前，"想念"显大爱。董事长孙君庚说，疫情牵人心，"想念"在行动，从大年三十儿到今天，我们没有放过一天假，机器 24 小时连轴转，工人三班倒，大家与时间赛跑。在短短不到 10 天的时间里，"想念"把上千吨的面条送达武汉，还做出了疫情期间产品不涨价的承诺。

我想，这就是最美"想念"人的世道人心吧，面条虽小，他们却能把真心真爱渗透到每一根面条里，为武汉加油，为"热干面"加油！

（载于 2020 年 2 月 2 日 "涅阳文学" 微信公众号）

附　录

我的好搭档侯群华

刘国保

一

5月，火红的5月，充满希望的5月。13号上午，风和日丽，阳光灿烂，昨天刚下过一场小雨，阳光下的麦田，波光闪闪，绿油油的田野散发出泥土的芳香，今年又是一个丰年。

我们的第一书记郭锦龙要到新疆去支援边疆，今天上午就要离开去上任。我依依不舍地送走了他，回到办公室里，茫然不知所措。村部院内的树上，小鸟叽叽喳喳叫个不停，院外东边的坑内昨天下雨积点水，青蛙在水里嗡哇嗡哇乱蹦乱叫，真是"春来我不先开口，哪个虫儿敢吱声"。

已是午休时候，也睡不着觉，心里思绪万千，翻江倒海，郭书记临别时给我说："我离开了，我们单位的一个叫侯群华的书记要来当第一书记，他是一个很优秀的书记，我相信你俩会配合好的。"

说实在话，我现在实在是离不开第一书记，没有第一书记，我就像丢了魂似的，郭书记说走就走了，我好像断奶的孩子失篙的船。侯群华书记咋样？和郭书记一样好搁和？反正也睡不着，心里很纠结，很无奈，无助的我在办公室里来回晃悠。

已是下午 4 点多了，我在二楼上只听下面有人喊："二哥，二哥，快下来，侯书记到了！"一听侯书记到了，心里说不上那高兴劲。我飞奔着跑到楼下，久久地握着侯书记的手，说："你是侯书记？可把给你盼来了，这下我的心里就踏实多啦，看把你热的，走，快到屋里凉快凉快。"

我俩寒暄了两句，简单把行李收拾了收拾，就在办公室里促膝交谈起来。我们从个人谈到家庭，从家庭谈到工作，从工作谈到肖营的发展，我们越谈越近乎，越谈越来劲。在交谈中我了解到，侯书记原来是部队上的团职干部转到地方的处级领导，我更加敬佩，因我也是退伍军人，我们有共同的语言。不知不觉已是晚上 6 点多了，我说："走，侯书记，天不早了，我们吃饭去，今晚给你接接风。"

侯书记脸一怔："上哪儿吃饭？接啥风哩！"

我说："到饭店去。"

侯书记说："不去，哪儿也不去，就在村里做着吃。"

他接着又说："我来驻村，第一，不在外边吃饭；第二，不喝酒；第三，一切按照第一书记的四个标准开展工作。"

我竖起大拇指说："那中，一切听你的。"

接着，我俩就在厨房里做起饭来，锅碗瓢盆的叮当声就像一首音乐，我在背后竖起大拇指："侯书记，我以后就跟着你学，你值得我敬佩，值得我学习。"

二

夏天的一个早上，我又早早来到村里。几十年如一日，我形成了一个习惯，春夏秋冬，我都是每天早上5点左右都醒了，醒了不赖床，早早地起来洗洗刷刷就往村部跑，天不黑不回去。

这天早上我还和往常一样，我刚到村里一看，侯群华书记的住室内亮着灯、开着门，侯书记的眼发红，我惊讶地问："侯书记，你夜里没睡觉，你又熬夜了？眼都熬红哩，要注意身体呀！"

侯书记嘿嘿笑着说："没事，熬点夜不要紧，我得抓紧时间把我们的材料整理出来。"

"那也不行，昨天上午我们在野外拍摄镜头，下午又入户走访，夜里又熬夜，天又那么热，谁能受得了啊！你别再拼命啦！"

"放心吧二哥，身体没事，我有的是劲，你看咱们村搞得多好，大家都在轰轰烈烈地干，我也睡不着呀！我要把咱们村的好事情都写出来发表出去。"

我激动得张口结舌……

"二哥，我们共同努力，一定把我们肖营的事情办好。"

"好啊，谢谢你，侯书记！"

三

爱心超市，是激进贫困人口内生动力的一个特色平台，是镇平县在精准扶贫、脱贫攻坚战中的一个特色亮点，为了让贫困人口尽快脱贫，让弱势群体在脱贫攻坚战中发挥自身的内在优势，为了让这个群体不再有等、靠、要的思想，让他们养成"也有两只手，不在家里吃闲饭"的好习惯，全县对重点贫困村投资5000元，举办爱心超市，我村是其中之一。

要求凡有爱心超市的村每月至少开展三次比赛活动，让所有贫困人口都参与进来，我村自开办爱心超市以来，利用这个平台已达到了预期的效果。由于活动举办的次数多，超市里的货物基本上所剩无几，再开展活动都无法兑奖。

就在这个时候，我们的第一书记侯群华到超市一看，扭头问我说："二哥，这超市咋没货啦？"我把超市的运营情况向他详细地做了介绍，侯书记听了之后说："哪咋办？"我无奈地向侯书记笑笑……

侯书记说:"我来办。"

我说:"那咋办?"

他说:"你别管,我有办法,你只管在家等就行了。"说完他一扭头,到住室内拎起包开起车就走,我还没来得及说话哩他的车跟箭似的已经开出很远了。我莫名其妙地自言自语:"这是干啥哩,说走就走,中午饭也不吃,真是军人出身,独出独开,说干就干。"

不到两天的时间,侯书记风风火火地赶回来,到屋就对我说:"二哥,我回来了。"

我说:"回来就好。"

他说:"我给你带来一群人。"

我说:"来的都是客,咱们热情接待。"

侯书记笑眯眯地说:"不,他们不是客,他们是我的老师、我的同学,现在在宾馆。他们从老家、从郑州不同方向赶来,是来给咱献爱心的,是给咱爱心超市捐物资的,他们来的衣食住行,咱都不用管,他们自己解决。我先回来给你说一声,你有个思想准备,他们一会儿就到,我现在去接他们。"

侯书记说完,扭头就走。我只顾愣愣地听他说,还没回过神来就不见他的人影了。弄半天我才知道,那天侯书记一看爱心超市没东西了,他紧急火速地赶回老家是给咱募捐爱心去了。他是怕咱们的正常活动开展断了档才回去搞募捐活动的。

　　我在心里说，侯书记，你辛苦了！不善言辞的你，细致务实的你，为了肖营，侯书记，你付出了太多，俺们谢谢你！俺们会永远记住你！

肖营村志

一、建置沿革

1. 机构沿革

肖营位于玉都街道北部 3.5 公里处。1930 年属镇平第二区肖营乡；1935 年 12 月属镇平第一区育北乡联保；1941 年 10 月属杏山乡党庄堡；1948 年 5 月解放后，属大榆树区张庄村；1949 年 10 月，成立大榆树区党庄乡，建立了农民协会；1952 年 8 月，党庄乡建立支部，肖营受中共党庄乡支部委员会领导；1954 年 12 月划归大榆树区四里庄乡；1956 年 1 月，肖营成立了城郊中心乡四里庄乡东红高级社；1958 年 12 月，东红高级社演变为城关管理区东红大队肖营连；1961 年 8 月为便于管理，划归柳泉铺区肖营人民公社，并分为肖营和小刘营两个大队；1962 年划归城郊公社；1963 年 11 月两个大队合并为城郊人民公社肖营大队；1983 年撤公社建乡，改为肖营村委会；2006 年 3 月撤乡建办，属玉都街道肖营村民委员会。

2. 自然村

肖营　位于城北 3.5 公里处，清代肖姓人由肖营（今属高丘镇），刘姓由皂角树（今属高丘镇），先后迁此建村，因肖姓先迁此，故名肖营。306 户，1812 人，耕地 834 亩。

楚家　位于西三里河西岸。清代，楚姓建村，故名。占地面积约 1.8 万平方米，41 户，174 人，耕地 270 亩。副业以运输业、建筑业和养殖业为主。

马岗　在西三里河西岸，县工业园区内。清末，马姓在岗上建村，故名。占地面积约 2 万平方米，36 户，109 人，耕地面积 125 亩。

许家营　位于县城北 4 公里。西三里河东岸，清初，许姓由山西洪洞县迁此建村，故名。后常姓迁入，沿用旧称。占地面积约 2.6 万平方米。82 户，306 人，耕地面积 430 亩。

石灰窑　位于村东临三里河。清末，王姓（蒙古族）建村，因村旁建窑烧石灰，故名。占地面积约 3.5 万平方米，35 户，96 人，耕地 146 亩。

肖家 12 户，50 人，耕地 42 亩。

党庄　位于县城西北 3.5 公里，西三里河东岸。清初党姓建村，故名。占地面积约 2.6 万平方米，后赵姓迁入，沿用旧称。60 户，301 人，耕地 273 亩。居民多搞运输业、玉雕加工、玉器销售、养殖业。

小刘营 位于县城北 2 公里处。清代，刘姓建村。为区别大刘营故名。后张姓迁入，沿旧称。占地面积约 7.3 万平方米，110 户，498 人，耕地 432 亩。以养殖业、建筑业为主。

双柏树 位于县城西北 2.5 公里处。西三里河东岸。明代，史姓建村，因村旁有一座庙宇，庙宇两旁有两棵大柏树（1958 年砍伐），故名。占地面积 5.5 万平方米，40 户，195 人，耕地面积 219 亩，副业以建筑业为主。

陈茨园 位于县火车站东北 0.5 公里处。清朝中期，李姓建村。因住宅上多种枸桔，俗称陈刺，后演变为村名。占地面积约 4.5 万平方米。60 户，267 人，耕地 405 亩。

薛家岗 位于县火车站北侧。清末，薛姓由薛坡（今属杨营镇）迁此，沿岗建村，故名。占地面积约 2.2 万平方米，30 户，111 人，耕地面积 124 亩。

小刘庄 民国初年，刘姓由刘洼迁此建村，故名。10 户，46 人，耕地 28 亩，多从事玉器生意。

怪家 清朝末年，有一名叫李三怪的人，从李营（今属石佛寺）迁此建村。因其人相貌丑陋，平时很少言笑，人们称他家是"怪家"，后演变为村名。占地面积约 2.4 万平方米。30 户，101 人，耕地 71 亩。居民多从事建筑业。

二、基本情况

1. 人口与耕地

肖营村 19 个村民小组，13 个自然村，现有耕地 3657 亩，901 户，人口 4044 人，复退军人 85 人，五保户 13 户，低保户 157 户。人均纯收入 5630 元。

2. 地理位置

位于城西北 5 里处，以肖营村命名为村委会，辖区内三里河、207 国道、柳卢公路穿境而过。西临李店营、大刘营、北临北张庄，东临四里庄，南临碾坊庄，基本成方形。

3. 管理范围

肖营、楚家、马岗、石灰窑、肖家、许营、陈茨园、薛家岗、小刘营、双柏树、党庄、怪家、小刘家 13 个自然村。

4. 地形地貌

肖营村呈东岗、西岗中间一条河，两岗为岗坡薄地中间黄土地，两岗地薄，上浸地易涝易旱，中间黄土地土质较好。

三、资源物产

1. 土地

20 世纪 50—90 年代，全村总耕地面积为 4306 亩。非农业占地 3657 亩。

2. 种植业

1950—1990 年，农民以小麦、玉米、红薯、高粱、豌豆等作物为主。十一届三中全会以后，实行改革开放政策。种植业多样化，除上述作物以外，扩大了芝麻、花生、油菜等经济作物种植面积。养殖业以牛、羊、猪、鸡为主，规模不大。

四、基础设施建设

1. 村部建设

1968 年，在肖营自然村南头盖房 6 间，作为大队部。1970年，在大队部前边又盖房 7 间。大队部东边建一大院，为大队综合办公场所。1992 年，在肖营村西头建平房 5 间，成为肖营村委会计划生育指导室，村部也随迁到此。2004 年，在省食品药品监督管理局（现河南省药品监督管理局）的支援下，将平房加高一层，并进行了绿化，村委会办公条件得到了改善。2007 年，村又多方筹资进一步绿化村部广场，改善办公条件。2012 年，村委会多方筹资，在肖营村南边，新建一栋标准化党群活动中心及文化大院，配备了电脑、电视、监控等办公用品，成为村民政治、文化、学习中心及娱乐健身场所。

2. 民生改善

1975 年，打破队界规划大方路，全村总体规划 3 条经路，

8 条纬路，形成网格林网化，改善了群众出行和生产、生活条件。是年调整划拨土地 54 亩，在雨帽顶建一座公墓，为殡葬改革打下了良好基础。

1986 年开展农田水利配套建设，新修水渠 8000 余米，建地桥 20 座，倒虹吸 6 个，提升灌溉面积 2000 余亩，造林 2 万株，为粮食增产增收提供了可靠保障。1987 年，全村 19 个村民小组，全部实现通电照明，彻底改变了人民的生活条件。

五、经济建设

1. 集体经济的发展

1972 年全大队调拨土地 4 亩，在肖营村南建一座综合加工厂，粉碎加工、打铁、轧花；烧窑，购东方红拖拉机、四轮拖拉机各 1 台，并成立建筑队 1 个，从业人员 80 余人，收入归大队。1974 年，建立玉器加工厂 1 个，从业人员 30 余人。

2. 民营企业的发展

解放前后，农民从事手工业、木工、铁匠、织机（丝绸）、理发。

运输业：牛车、架子车、肩挑等，但为数甚少。

20 世纪 80 年代，随着农村改革开放，手工业户逐渐增多，机械化运输加快，小型、大型拖拉机，农用车取代了传统的运输工具。

3. 农业经济的发展

1989 年，为帮助农民致富，引导农民科学种田，村聘请县乡农业专家，来村授课 20 余次，培训人员达 3000 余人次，充分提高了农民群众对科学种田的认识。群众注重选用良种，合理施肥，正确使用农药，粮食产量比 80 年代前净增 3 倍以上，既解决了农户的温饱，又增加了农民的收入。

4. 经济林的发展

2005 年以来，全村共种有广玉兰、桂花、黑籽、桃等 80 余亩。种植的调整，促进了农民的收入，也带动了贫困户脱贫增收。

六、社会事业

1. 教育发展

解放前，肖营村只有少数人受过小学教育，1950—1958 年，政府开展扫盲教育，成年人开始在农闲晚间接受识字教育。

1960—1970 年，肖营小学设 1—6 年级，共 10 个班。1971 年增加初中班，1980 年初中停办。

1979—1995 年，实现普及九年义务教育。

1989 年，为改善办学条件，村集资 20 万元，建平房 13 间。

2004 年，国家投资 65 万元，建教学楼 1 幢，建造了 200 米标准环形跑道操场一个，修建了学校大门、学生厕所和教师厕所。并配齐教学设施，学生体、音、美等器材均有。2017 年，按高标准对校园进行硬化、美化，配齐了教学设备。使学生的学习环境进一步得到了完善。

2. 卫生事业的发展

1958 年，村建立了卫生所，中医 2 人，西医 2 人。1978 年发展成 2 所，从医人员增加 2 人。2004 年，肖营村被定为河南省 38 个重点艾滋病防治村之一。是年，省拨款建艾滋病人卫生所，配备了医疗器械，由中医院医生每天坐诊，服务病人。同年，省药监局和河南省胸科医院联合工作队来我村进行帮扶工作，对我村的医疗卫生事业，给予极大的帮助，特别是对传染病的防治，对健康常识的宣传，使村民医学知识有更多的了解和认识。卫生所还开展了村民医疗服务、婴幼儿防疫，每年一次的村民体检，慢性病传染病的复查，特困村民建档立卡治疗等工作。

七、驻村帮扶事业

2004 年以来，由原河南省食品药品监督管理局扶贫驻村工作队持续帮助 17 年（截至 2021 年），先后派驻 11 任 23 名驻村第一书记、工作队长、驻村队员深入肖营村扎实开展定点帮扶工作。协助开展抓支部带支书党建工作，强化党员队伍建设，建强基层组织，为脱贫攻坚和乡村振兴提供了内生动力。先后投资 2000 多万元，为村里高标准修建"阳光家园"敬老院 1 所，解决了因艾滋病致孤的老人、孩子的生活问题。为群众打深水井 12 沿，接通了自来水，硬化道路 30 公里，安装太阳能路灯 230 多盏，添置村小学教学设备设施，捐建图书室、无线广播网等，改善了生活和教育环境。建设扶贫车间 9000 平方米，发展产业 7 项，培训贫困群众 400 多人次，帮助 66 户 167 名贫困群众脱了贫。省局驻村工作队带领人民群众走共同富裕道路，为本村的经济发展作出了较大贡献。

后 记

看着打印出来的这一摞厚厚的书稿，我掩卷而思，心情荡漾。扶贫路上要走上"一千零一夜"的路程，我虽然才走过了短短的一段，但我已爱上了这片沃土，爱上了这里的一草一木，更爱着村里4000多纯朴的父老乡亲。

每天夜深人静时，我总是喜欢坐下来，把白天发生在身边的小事在小本本上记录下来。这些流水似的民情日记，写着写着就有了不一样的感受。一个个人，一件件事，就像一股股清泉汇聚在心间涓涓流淌，浇灌着"建强基层组织、推动精准扶贫、为民办事服务、提升治理能力"这四块属于第一书记的"责任田"。

书中的每一篇所讲述人或事都看似平淡无奇，却浸透着纯朴的乡音、乡情、乡愁。不管是贫困群众，还是县委书记；不管是学龄前儿童，还是耄耋老人，他们都来过我在村部住的那间小屋（办公室兼宿舍）小叙，我也曾与他们在田间地头或是村落庭院里、灶台边、扶贫车间、生产基地拉过家常。

时间过得真快，转眼近两年过去了。在与乡亲们的朝夕相处中，我不知不觉走进了他们的生活；他们也走进了我的心里，他们已把我当成了自家人。这不，疫情期间，他们送的红烧肉、包子、饺子，还有从地里刚拔回来的鲜亮亮的蒜苗呀、野菜呀，他们悄悄地挂在了我的小屋门把手上，又悄悄地走了。他们是多么可爱，每每想起这份情谊，我都不由得流下两行热泪。

这让我想起了诗人汪国真的《感谢》：让我怎样感谢你/当我走向你的时候/我原想收获一缕春风/你却给了我整个春天……

乡亲们的这份情谊让我久久难以忘怀。我只是千千万万党员中最普通的一员，来到村里，他们就把我看作村中不可或缺的一部分。不仅仅是我为他们做了点力所能及的事情，他们就把我当成"手心里的宝"，更重要的是他们知道我是来帮助他们脱贫的，无形中就给了我莫大的信任和鼓舞。乡亲们愿意向我说掏心窝子话，家长里短、乡里乡亲等，我把这种看起来琐碎又毫不相干的细节看得很重，重到把这份殷殷的信任化作一种砥砺前行的责任。乡亲们愿意相信我，我就要在脱贫攻坚和乡村振兴中尽自己的绵薄之力。

我愿意走进他们的院落，我愿意为化解他们的家务矛盾去当个"清官"，更愿意为让乡亲摆脱贫困走上小康之路而不辞辛劳。我把沉甸甸的责任扛在肩头，为乡亲们谋福祉，把所有的心思用在抓党建和发展产业上，把"脚沾泥土"与"精准扶贫"融为一体，开足马力，蹚开一条奔往小康的坦途大道。

回首这些故事，虽平凡了些，但也记录了我这一年多来的扶贫足迹，大到国家扶贫政策的宣讲、落实，小到贫困群众矛盾纠纷的处理，即便收获的只是乡亲发自内心的一个微笑，我都深感满足。这些都已经深深地印在了我的心里，我的脑海里。

在我成长的过程中，有组织对我的关怀和培养。把我选派到村里，是领导和同志们的重托，也代表着省药监局党组贯彻执行习总书记关于扶贫工作的系列指示的决心和信心。还有我身边的同事、同学、战友、师长和亲朋对我的支持厚爱，他们中，有的是扶贫一线的榜样；有的是新闻、学界的前辈、老师；有的只是在背后默默地支持着我。是他们给了我信心和力量，使得我在村中行走的步伐是如此的坚定笃实。感谢镇平这个我人生中的第二故乡，踏入她的怀抱，我深切感受到了来自四面八方的关爱。在此，一并表示最诚挚的谢意！

行百里者半九十。在第一书记任期内，我会用"决心在农村干他一百年"的豪情壮志，不辜负党组织，以及所有关心支持着我的至亲对我的期盼，继往开来，引领众乡亲把肖营村变得更美丽，把生活过得更甜蜜。